세 마리 토끼 잡는 독서 논술

C3

초3~초4

저자: 지에밥 창작연구소_

'지에밥'은 '찐 밥'이라는 뜻을 가진 순우리말로, 감주·막걸리·인절미 등 각종 음식의 재료를 뜻합니다.
'지에밥 창작연구소'는 차지고 윤기 나는 밥을 짓는 어머니의 정성처럼 좋은 내용으로 세상 모든 사람들에게
넉넉하게 쓰일 수 있는 지혜를 선물하고 싶습니다.

이 책을 쓴 지에밥 연구원들_

강영주(지에밥 창작연구소 소장, 빨간펜 논술, 기탄 국어 등 기획 개발), 김경선(동화작가 및 기획 편집자),
김혜란(동화작가, 아동문학가협회 회원), 왕입분(동화작가 및 기획 편집자), 우현옥(동화작가), 이현정(동화작가),
이혜수(기획 편집자), 이현정(동화작가 및 기획 편집자), 정성란(동화작가), 조은정(동화작가 및 기획 편집자),
최성옥(기획 편집자), 한현주(동화작가), 한화주(동화작가), 홍기운(동화작가 및 기획 편집자)

이 책을 감수한 선생님들_

권영민(서울대학교 국어국문학과 교수), 홍준의(서원대학교 과학교육과 교수),
김병구(숙명여자대학교 의사소통센터 교수), 문영진(전북대학교 국어교육과 교수), 조현일(원광대학교 국어교육과 교수),
김건우(대전대학교 국어국문학과 교수), 유호종(서울대학교 철학박사), 구자송(상암고등학교 국어 교사),
김영근(서울과학고등학교 국어 교사), 최영환(여의도고등학교 국어 교사), 구자관(한성과학고등학교 국어 교사),
윤성원(한성과학고등학교 국어 교사), 장원영(세화고등학교 역사 교사), 박영희(대왕중학교 과학 교사),
심선희(서울고등학교 과학 교사), 한문정(숙명여자고등학교 과학 교사)

세 마리 토끼 잡는 독서 논술 C3권

펴낸날 2020년 12월 10일 개정판 제5쇄
지은이 지에밥 창작연구소 | **연구원** 김지연, 조은정, 이자원, 차혜원, 박수희 | **펴낸이** 주민홍 | **펴낸곳** ㈜NE능률 | **디자인** framewalk | **삽화** 김석류(표지, 캐릭터) **영업** 한기영, 이경구, 박인규, 정철교, 김남준 | **마케팅** 박혜선, 고유진, 남경진, 김상민 | **주소** 서울특별시 마포구 월드컵북로 396(상암동) 누리꿈스퀘어 비즈니스타워 10층(우편번호 03925) | **전화** (02)2014-7114 | **팩스** (02)3142-0356 | **홈페이지** www.nebooks.co.kr | **출판등록** 제1-68호
ISBN 979-11-253-3089-9 | 979-11-253-3113-1 (set)

펴낸날 2012년 3월 1일 1판 1쇄
기획 개발 지에밥 창작연구소 | **디자인 기획 진행** 고정선 | **디자인** 유정아, 박지인, 이가영, 김지희 | **삽화** 오유선, 안준석, 정현정, 윤은하, 김민석, 윤찬진, 정효빈, 김승민

제조년월 2020년 12월 **제조사명** ㈜NE능률 **제조국** 대한민국 **사용 연령** 10~11세

〈세 마리 토끼 잡는 독서 논술〉을 펴내며

하루하루 성장하는
내 아이의 모습을 확인하길 바라며

프랑스의 유명한 정신 분석학자이자 철학자인 라캉은 인간이 성장한다는 것은 '상징계'에 편입되는 것이라고 말했습니다. 그가 말한 상징계란 '언어를 매개로 소통하는 체계'를 의미하는데, 우리가 살아가는 세상 혹은 사회가 바로 그것입니다. 결국 한 아이가 태어나서 정신적으로 성장하는 아동기에서 가장 중요한 것은 언어로 소통하는 능력을 키우는 일입니다. 〈세 마리 토끼 잡는 독서 논술〉은 이와 같은 점에 주목하여 기획하고 구성하였습니다.

첫째, 문자 언어를 비롯하여 그림, 도표 등 다양한 상징체계를 이해하는 과정을 통해 통합적인 언어 이해력을 키울 수 있도록 하였습니다.

둘째, 텍스트 이해력뿐만 아니라 추론 능력, 구성(표현) 능력, 비판적 사고 능력 등을 통합적으로 길러서 여러 가지 문제를 해결하는 데 실질적으로 도움이 될 수 있도록 하였습니다.

셋째, 초등 교육과정의 핵심 내용과 밀접하게 연계되도록 설계하였습니다.

부모님보다 더 훌륭한 스승은 없습니다. 〈세 마리 토끼 잡는 독서 논술〉은 부모님 이외의 다른 어떤 선생님도 필요 없습니다. 이 학습 프로그램을 통해서 하루하루 성장하는 내 아이의 모습을 확인하는 기쁨을 누리시길 바랍니다.

세 마리 토끼잡는 독서논술 이란?

어떤 책인가요?

하나의 주제와 관련된 다양한 글(동화, 시, 수필, 만화, 논설문, 설명문, 전기문 등)을 읽고 통합 교과적인 문제를 풀면서 감각적 언어 능력(작품의 이해와 감상)과 논리적 이해 능력(비문학의 구조, 추론, 적용 등), 국어 지식(어휘, 문법 등), 사회와 과학 내용 등을 통합적으로 익히는 독서 논술 프로그램 학습지입니다.

몇 단계, 몇 권인가요?

〈세 마리 토끼 잡는 독서 논술〉은 다음과 같이 총 5단계, 25권입니다.

단계	P단계	A단계	B단계	C단계	D단계
대상 학년	유아~초등 1년	초등 1년~2년	초등 2년~3년	초등 3년~4년	초등 5년~6년
권 수	5권	5권	5권	5권	5권

세 마리 토끼란?

'독서', '사고', '통합 교과'의 세 가지 영역을 말합니다. 즉, 한 권의 독서 논술 책으로 다양한 장르의 글을 읽을 수 있고, 논술 문제를 풀면서 사고력을 기를 수 있으며, 초등학교 주요 교과 내용과 연계된 문제를 풀면서 통합 교과 학습을 할 수 있습니다.

 독서
＊각 단계에 맞게 초등학교의 주요 교과 내용을 주제로 정함.
＊각 권의 주제와 관련된 글을 언어, 사회, 과학 등으로 나누어 읽을 수 있음.

 사고
＊언어, 사회, 과학 등과 관련된 다양한 장르의 글을 읽고 논술 문제를 풀면서 생각하는 능력과 생각하는 폭을 확장할 수 있음.

 통합 교과
＊다양한 장르의 글을 읽고 초등학교 국어, 사회, 과학 등의 학습 내용과 관련된 문제를 풀면서 통합 교과 학습을 할 수 있음.

하루에 세 장씩 꾸준히 학습하면 세 마리 토끼를 잡을 수 있어요.

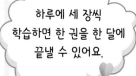
하루에 세 장씩 학습하면 한 권을 한 달에 끝낼 수 있어요.

세마리 토끼잡는 독서논술 이런 점이 다릅니다

초등학교 교과 내용과 긴밀하게 연결되어 있습니다.

각 단계의 권별 내용과 문제는 그 단계에 맞는 학년의 주요 교과 내용과 긴밀하게 연결되어 교과 학습에 도움을 줍니다.

하나의 주제를 통합 교과적으로 접근합니다.

각 권마다 하나의 주제가 있고, 그 주제를 언어, 사회, 과학과 연결시켜서 사고를 확장할 수 있게 하였습니다. 그리고 여러 교과와 연계된 문제를 풀면서 통합 교과적인 사고를 할 수 있습니다.

다양한 서술·논술형 문제를 풀 수 있습니다.

매 페이지마다 통합 교과 논술 문제를 제시하여 생각하는 힘과 표현력을 키울 수 있는 것은 물론 학교 시험에서 강화되고 있는 서술 · 논술형 문제에 대비할 수 있습니다.

다양한 장르의 글을 접할 수 있습니다.

각 주제와 관련된 명작 동화, 창작 동화, 전래 동화, 설화, 설명문, 논설문, 수필, 시, 만화, 전기문 등 다양한 장르의 글을 읽으면서 각 장르의 특성을 체험하며 독서하는 습관을 기를 수 있습니다. 특히 현재 왕성하게 활동하고 있는 여러 동화 작가의 뛰어난 창작 동화가 20여 편 수록되어 있습니다.

수준 높은 그림을 많이 제시하여 흥미롭게 학습할 수 있습니다.

어린이들은 글과 그림이 조화를 이룬 책으로 공부할 때 학습 효과를 높일 수 있습니다. 또한 좋은 그림은 어린이들의 정서 발달에 도움을 줍니다. 이런 점을 생각하여 한 페이지를 넘길 때마다 수준 높은 그림을 제시하여 어린이들이 흥미롭게 학습할 수 있도록 하였습니다.

세 마리 토끼잡는 독서논술은 이렇게 구성되었습니다

독서 전 활동 생각 열기

★ 한 주의 학습을 시작하기 전에 주제와 관련된 사진이나 그림을 보고, 앞으로 학습할 내용에 대해 흥미를 가질 수 있도록 하였습니다.

★ '생각 톡톡'의 문제를 풀면서 주제에 대한 자신의 경험이나 평소 생각을 돌이켜 보며 앞으로 학습할 내용을 짐작할 수 있도록 하였습니다.

★ 통합 교과 활동과 이어질 교과서의 연계 교과를 보며 교과 내용을 참고할 수 있도록 하였습니다.

독서 중 활동 깊고 넓게 생각하기

★ 한 권에 하나의 주제가 있고, 그 주제를 언어, 사회, 과학으로 나누어서 다양한 장르의 글을 읽으며 통합 교과 문제와 논술 문제를 풀 수 있도록 구성하였습니다.

★ 1주는 언어, 2주는 사회, 3주는 과학과 관련된 제재로 구성하였고, 4주는 초등 교과에서 다루고 있는 여러 가지 장르별 글쓰기(일기, 동시, 관찰 기록문, 기행문, 독서 감상문, 기사문, 논설문, 설명문, 희곡 등)와 명화 감상, 체험 학습 등의 통합 교과 활동으로 구성하였습니다.

독서 후 활동   생각 정리하기

되돌아봐요

★ 앞에서 읽은 글을 돌이켜 보면서 이야기의 흐름과 중심 생각을 파악하고, 더 나아가 자신의 생각을 발전시키는 문제를 풀 수 있도록 하였습니다. 이를 통해 한 주 동안 읽고 생각한 내용을 머릿속에서 차근차근 정리할 수 있습니다.

내가 할래요

★ 주제와 관련된 여러 가지 활동을 하며 한 주의 학습을 마무리할 수 있도록 하였습니다. 종이접기, 편지 쓰기, 그림 그리기 등 재미있는 활동을 하며 창의력과 상상력을 키울 수 있습니다.

★ 한 주의 학습이 끝난 다음 체크 리스트를 통해 학습한 주요 내용을 잘 이해하고 적용할 수 있는지 평가할 수 있습니다.

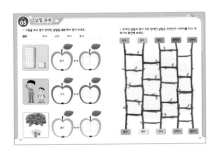

낱말 쏙쏙 (유아 P단계)

★ 한 주 동안 글을 읽으며 새로이 배운 낱말들을 그림과 더불어 살펴보고 익힐 수 있습니다.

궁금해요 (초등 A~D단계)

★ 한 주 동안 읽은 글이나 주제와 관련된 배경지식을 제공하여 앞에서 학습한 내용을 좀 더 깊이 이해할 수 있습니다.

세 마리 토끼잡는 독서논술 의 커리큘럼

단계	권	주제	제재			
			언어(1주)	사회(2주)	과학(3주)	통합 활동 장르별 글쓰기(4주)
P (유아 ~초1)	1	나의 몸 살피기	뾰족성의 거울 왕비	주먹이	구슬아, 어디로 가니?	몸 튼튼, 마음 튼튼
	2	예절 지키기	여우와 두루미	고양이가 달라졌어요	비비네 집으로 놀러 와!	안녕하세요?
	3	친구와 사귀기	하얀 토끼, 까만 토끼	오성과 한음	내 친구를 자랑합니다!	거꾸로 도깨비 나라
	4	상상의 즐거움	헤라클레스의 모험	용용 죽겠지?	나는야 좋은 바이러스	상상이 날개를 달았어요
	5	정리와 준비의 필요성	지우개야, 고마워!	소가 된 게으름뱅이	개미 때문에, 안 돼~!	색깔아, 모양아! 여기 모여라!
A (초1 ~초2)	1	스스로 하기	내가 해 볼래요!	탈무드로 알아보는 스스로 하는 힘	우리도 스스로 잘 살아요	일기를 써 봐요
	2	가족의 소중함	파랑새	곰이 된 아빠	동물들의 특별한 아기 기르기	편지를 써 봐요
	3	놀이의 즐거움	꼬부랑 할머니와 흰 눈썹 호랑이	한 번도 못 해 본 놀이	동물 친구들도 노는 게 좋대요	머리가 좋아지는 똑똑한 놀이
	4	계절의 멋	하늘 공주가 그린 사계절	눈의 여왕	나뭇잎을 관찰해요	동시를 써 봐요
	5	자연 보호	세모산 솔이	꿀벌 마야의 모험	파브르 곤충기 (송장벌레)	관찰 기록문을 써 봐요
B (초2 ~초3)	1	학교생활	사랑의 학교	섬마을 학교가 좋아졌어요	우리 반 사고뭉치 기동이	소개하는 글을 써 봐요
	2	호기심 과학	불개 이야기	시턴 "동물기" (위대한 통신 비둘기 아노스)	물을 훔쳐 간 범인을 찾아라!	안내하는 글을 써 봐요
	3	여행의 즐거움	하나의 빨간 모자	15소년 표류기	갯벌 탐사 여행	기행문을 써 봐요
	4	즐거운 책 읽기	행복한 왕자	멸치 대왕의 꿈	물의 여행	독서 감상문을 써 봐요
	5	박물관 나들이	민속 박물관에는 팡이가 산다	재미있는 세계 이야기 박물관	과학관으로 놀러 오세요	광고하는 글을 써 봐요

단계	권	주제	제재			
			언어(1주)	사회(2주)	과학(3주)	통합 활동 장르별 글쓰기(4주)
C (초3 ~초4)	1	교통의 발달	자동차의 왕, 헨리 포드	당나귀를 타려다가……	교통수단, 사람들 사이를 잇다	명화 속 교통수단
	2	날씨와 환경	그리스 로마 신화	북극 소년 피터	생활 속 과학	날씨와 생활
	3	나누며 사는 삶	마더 테레사	민들레 국숫집	지진과 화산	주장하는 글을 써 봐요
	4	지역의 자연환경	울산 바위의 유래	우리 마을이 최고야!	아름다운 우리 고장	우리 마을 지도를 그려 봐요
	5	지역의 문화	준치가 메기 된 날	강릉의 딸, 겨레의 어머니 신사임당	우리나라 풀꽃 이야기	지역 특산물을 소개해 봐요
D (초5 ~초6)	1	우리 역사	삼국유사	옛날 사람들은 어떻게 살았을까?	역사를 바꾼 겨레 과학	지붕 없는 박물관, 경주 역사 유적 지구
	2	문화재	반야산 불상의 전설	난중일기	우리 문화에 숨어 있는 과학	설명하는 글은 어떻게 쓸까요?
	3	경제생활	탈무드로 만나는 경제	나눔을 실천한 기업가 유일한	재미있는 확률 이야기	기사문은 어떻게 쓸까요?
	4	정보화 사회	컴퓨터 천재 빌 게이츠	봉수와 파발	컴퓨터와 인터넷 세상	연설문은 어떻게 쓸까요?
	5	세계와 우주	우주를 여행하는 과학자 스티븐 호킹	80일간의 세계 일주	별과 우주	희곡은 어떻게 쓸까요?

각 학년의 교과와
연계된 주제로 다양한 글을
읽을 수 있어요.

세 마리 토끼 잡는 독서 논술 이렇게 공부하세요

자신 있게 학습할 수 있는 단계를 선택하세요.

〈세 마리 토끼 잡는 독서 논술〉은 어린이 개인의 능력에 따라 단계를 선택하여 학습할 수 있는 교재입니다. 학년과 상관없이 자신이 자신 있게 학습할 수 있는 단계부터 선택하는 것이 중요합니다. 너무 어려운 단계나 너무 쉬운 단계를 선택하면 학습에 흥미를 잃을 수 있으므로 주의하세요.

한 주 동안 읽어야 할 독서 자료를 미리 읽으세요.

한 주 동안 읽어야 할 독서 자료를 미리 읽고 전체 내용을 파악한 다음, 매일 3장씩 읽고 문제를 푸는 것이 독서 학습을 하는 데 효과적입니다. 독서에는 흐름이 있습니다. 전체의 흐름을 미리 알고 세부적인 문제를 푸는 것이 사고력 확장에 도움이 됩니다.

매일 3장씩 꾸준히 공부하세요.

'가랑비에 옷이 젖는다.'라는 속담처럼 매일 꾸준히 3장씩 읽고, 생각하고, 표현하다 보면 독서, 사고, 통합 교과적 사고 능력이 성장한다는 것을 느낄 수 있을 것입니다. 그리고 매일 학습을 마친 뒤에는 '1일 학습 끝!' 붙임 딱지를 붙이면서 성취감을 느껴 보세요.

한 주 학습을 마친 후 자기 평가를 해 보세요.

한 주 학습이 끝난 다음에는 체크 리스트를 통해 학습한 내용을 얼마나 이해하고 적용할 수 있는지 스스로 평가해 보세요. 그래서 부족한 부분이 있다면 다시 한번 짚고 넘어가세요.

부모님과 깊이 있는 대화를 나누어 보세요.

한 주 동안 독서 자료를 읽고 문제를 풀면서 생각하고 표현해 보았다면, 그 주제에 대해 부모님과 이야기를 나누어 보세요. 주제에 대해 자신이 새롭게 알게 된 것이나 다르게 생각하게 된 것을 부모님과 이야기하다 보면 생각이 더욱 커진답니다.

한 주 학습표

일	월	화	수	목	금	토

★ 한 주 동안 읽어야 할 독서 자료 미리 읽기

★ 매일 3장씩 학습하기 → '1일 학습 끝!' 붙임 딱지 붙이기 → 한 주 학습이 끝나면 체크 리스트를 보며 평가하기

★ 부족한 부분 되짚기
★ 주요 내용 복습하기

세 마리 토끼 잡는 독서 논술

C단계 3권

주제	주	제목	교과 연계 내용
나누며 사는 삶	언어(1주)	마더 테레사	[국어 3-1] 원인과 결과를 생각하며 경험에 대해 이야기하기 / 재미있거나 감동적인 부분을 나누며 작품 감상하기
			[국어 3-2] 인상 깊은 경험을 글로 쓰기
			[사회 4-2] 사회 변화로 인한 생활 모습의 변화를 살피고, 다양한 문화 존중하기
			[도덕 3] 이웃의 문제를 해결하는 방법을 찾고 실천하기 / 공동체적 삶을 위한 도덕적 역량 기르기
	사회(2주)	민들레 국숫집	[국어 3-1] 재미있거나 감동적인 부분을 나누며 작품 감상하기
			[국어 5-1] 경험을 떠올리며 작품 감상하기
			[사회 5-1] 인권 존중을 위한 법과 헌법의 의미 및 역할 알기
			[도덕 3] 생명의 소중함과 생명 존중의 방법 생각하기
	과학(3주)	지진과 화산	[국어 4-1] 만화를 보고 생각과 느낌 나타내기
			[과학 4-2] 화산이 분출하는 모양 알기 / 화산 분출물 알기 / 화산 활동이 우리에게 주는 영향 알기 / 지진의 발생 원인과 규모 알기
			[안전한 생활] 지진과 지진 대처 방법 알기
	장르별 글쓰기 (4주)	주장하는 글을 써 봐요	[국어 5-1] 글 쓰는 과정을 알고 자신의 생각 바르게 표현하기 / 글쓴이의 주장 파악하기
			[국어 6-1] 주장하는 글에 담긴 내용이 타당한지 판단하기 / 주장에 따른 근거 들기
			[도덕 6] 지구촌의 문제들을 살펴보고 해결할 방법을 찾고 실천하기

ER TERESA

NOBELS FREDSPRIS 1979

SV

마더 테레사

생각톡톡 그림 속 마더 테레사의 모습을 보고 마더 테레사는 어떤 사람이라고 느껴지는지 써 보세요.

관련교과 [국어 3-1] 원인과 결과를 생각하며 경험에 대해 이야기하기 / 재미있거나 감동적인 부분을 나누며 작품 감상하기

[도덕 3] 이웃의 문제를 해결하는 방법을 찾고 실천하기 / 공동체적 삶을 위한 도덕적 역량 기르기

마더 테레사

어머니가 커다란 바구니에 빵을 가득 담으면서 말했습니다.

"아그네스, 나와 함께 가지 않을래?"

아그네스는 신이 나서 얼른 따라나섰습니다. 오래전부터 꼭 따라가 보고 싶었기 때문입니다. 어머니가 바구니를 든 채 앞장서서 걸음을 재촉했습니다.

"아그네스, 이제 다 왔어. 바로 이 마을이란다."

두 사람이 도착한 곳은 언덕 위의 작은 마을이었습니다. 가난하고 병든 사람들이 모여 사는 곳이었습니다.

빵을 보자 아이들이 달려왔습니다. 아이들은 하나같이 비쩍 마르고 몹시 지저분했습니다. 어머니는 아이들을 일일이 따뜻하게 안아 주며 빵을 나누어 주었습니다.

한 발짝 물러서 있던 아그네스는 그제야 어머니의 마음을 알 수 있었습니다. 아그네스는 가장 작은 아이 곁으로 가서 그 아이를 꼭 끌어안았습니다.

＊ **재촉**: 어떤 일을 빨리하도록 조름.

1. 다음 중 아그네스가 어머니를 따라간 곳은 어떤 마을인가요? (   )

①
세련되고
발달된 마을

②
작고 조용한
마을

③
깨끗하고
발전된 마을

④
가난하고 병든
사람이 많은 마을

 2. 아그네스의 어머니가 왜 바구니 가득 빵을 담아 갔는지를 잘 설명한 친구는 누구인지 쓰세요.

민호
빵을 아이들에게
팔기 위해서야.

 지혜
빵을 아그네스 친구들에게
주기 위해서야.

지현
빵을 돈 많은 사람들에게
선물하기 위해서야.

 윤호
빵을 배고픈 사람들에게
나누어 주기 위해서야.

(   )

 3. 여러분이 만일 엄마를 따라간 아그네스였다면 무엇을 할지 보기 처럼 써 보세요.

보기 아이들과 신나게 놀아 주고 왔을 것이다.

　그날부터 아그네스는 수시로 어머니와 어려운 이웃을 찾아다녔습니다. 몸은 힘들고 지쳤지만 마음은 언제나 포근한 솜이불을 덮은 듯 따뜻했습니다.

　'병들고 가난한 사람들과 항상 함께할 수 있다면⋯⋯.'

　아그네스의 가슴속에는 이웃을 향한 사랑이 싹트고 있었습니다.

　열여덟 살이 되던 해, 마침내 아그네스는 수녀가 되기로 마음먹었습니다.

　"어머니, 수녀가 되어 항상 어려운 이웃들 곁에 있고 싶어요."

　어머니는 아그네스의 말을 듣고 한참 동안 멍하니 서 있었습니다.

　"아, 아그네스!"

　어머니는 아그네스를 와락 껴안고 뜨거운 눈물을 흘렸습니다. 아그네스가 수녀가 된다면 다시는 볼 수 없을지도 모르기 때문입니다.

　아그네스는 어머니를 뒤로하고 기차에 올랐습니다. 그 후 아일랜드에서 수녀가 되는 교육을 받은 다음, 선교 활동을 하기 위해 인도로 떠났습니다.

＊ **수녀**: 가톨릭의 수도회에 소속되어, 예수와 성모 마리아를 본받아 영적인 삶에 헌신하는 여자 수도자.
＊ **아일랜드**: 영국 서쪽에 있는 섬나라로 수도는 더블린이며, 오랫동안 영국의 지배를 받다가 1921년에 독립함.
＊ **인도**: 아시아 남부에 위치한 국가. 수도는 뉴델리이며, 대부분의 국민이 힌두교를 믿음.

언어 1. 아그네스는 왜 수녀가 되기로 마음먹었나요? (   )

① 어릴 적부터 꿈이어서

② 친구와 약속했기 때문에

③ 부모님이 수녀가 되라고 해서

④ 항상 어려운 이웃들 곁에 있고 싶어서

사회탐구 2. 아그네스는 선교 활동을 하기 위해 인도로 갔습니다. 다음 중 인도와 관련된 것이 <u>아닌</u> 것은 무엇인가요? (   )

①
카레

②
갠지스강

③
버킹엄 궁전

④
힌두교 사원

논술 3. 아그네스는 수녀가 되기 위해 어머니를 떠났습니다. 여러분이 얼마 동안 부모님과 떨어져서 지내야 한다면 부모님을 위해 무엇을 해 드리고 싶은지와 그 이유를 보기 처럼 써 보세요.

> 보기 부모님의 어깨와 다리를 주물러 드리고 싶다. 왜냐하면 부모님께서 내가 어깨와 다리를 주물러 드리는 것을 좋아하시기 때문이다.

인도에서 수련 생활을 마친 아그네스는 콜카타의 *수도원에서 아이들을 가르쳤습니다. 아그네스는 아이들에게 좋은 친구가 되어 주었습니다.

"테레사 수녀님! 수녀님!"

아그네스의 *수도명은 테레사였습니다. 아이들은 하루 종일 테레사의 치마 끝을 붙잡고 따라다녔습니다. 테레사는 아이들에게 가톨릭의 교리뿐 아니라 지리와 역사도 가르쳤습니다.

그러다 보니 잠시도 쉴 시간이 없었습니다. 날이 갈수록 건강이 나빠져 결국 테레사는 쓰러지고 말았습니다.

"테레사 수녀님, 조용한 곳에 가서 좀 쉬다 오세요."

다른 수녀님들이 걱정스런 얼굴로 말했습니다.

"할 일이 이렇게 많은데……."

테레사는 무거운 마음으로 수도원을 나섰습니다.

＊ **콜카타**: 인도 동쪽, 갠지스강에서 갈라져 나온 후글리강에 접해 있는 도시로, 영국이 인도를 다스릴 때 인도의 수도였음.
＊ **수도원**: 수사나 수녀가 일정한 규율 아래 공동생활을 하면서 수행하는 곳.
＊ **수도명**: 수사나 수녀가 되어 선하게 살겠다고 하느님께 약속할 때 받는 이름.

사회 탐구 1. 테레사 수녀는 콜카타에 있는 수도원에서 일을 했습니다. 콜카타에 대해 바르게 설명한 것은 어느 것인가요? (   )

▲ 콜카타의 모습

① 인도의 수도이다.

② 수도원의 이름이다.

③ 아그네스의 수도명이다.

④ 인도 동쪽에 있는 도시이다.

언어 2. 테레사 수녀는 수도원에서 주로 어떤 일을 하였나요?

(   )

① 부엌일을 하였다.

② 허드렛일을 하였다.

③ 어린아이들을 가르쳤다.

④ 신부님을 도와 가정을 방문했다.

논술 3. 테레사 수녀는 건강을 돌보지 않고 아이들을 가르치다가 결국 아픈 몸으로 수도원을 잠시 나오게 되었습니다. 아픈 테레사 수녀에게 보기 와 같이 위로하는 말을 담아 쪽지를 써 보세요.

보기 테레사 수녀님, 힘내세요! 수녀님이 건강해야 아이들을 더 잘 가르칠 수 있어요.

17

그런데 그 순간, 테레사는 너무 놀라 발을 한 걸음도 뗄 수 없었습니다.

"어머나, 세상에!"

평화롭기만 한 수도원과 달리, 마을의 모습은 마치 전쟁터 같았기 때문입니다. 곳곳에 쓰레기 더미가 쌓여 있고, 사방에서 고약한 냄새가 코를 찔렀습니다.

"내가 먼저 찾았어!"

"저리 비켜! 내가 먹을 거야."

뼈만 앙상하게 남은 아이들은 쓰레기통을 뒤지며 버려진 음식들을 서로 먹겠다고 싸우고 있었습니다. 언뜻 보기에도 음식은 먹을 수 없을 만큼 상해 있었습니다.

거리에는 상처투성이인 사람들이 고통스러운 모습으로 쓰러져 있었습니다. 테레사는 자신도 모르게 눈을 감고 말았습니다. 두 눈에서 주르륵 눈물이 흘러내렸습니다.

사회 탐구 1. 거리의 아이들은 상한 음식을 서로 먹겠다며 다투었습니다. 이것은 사람이 살아가는 데 꼭 필요한 식생활이 제대로 이루어지지 않았기 때문입니다. 식생활처럼 사람이 살아가는 데 반드시 필요한 것 두 가지를 고르세요. (   )

① 의생활　　　② 주생활　　　③ 여가 생활　　　④ 문화생활

언어 2. 테레사 수녀가 수도원 밖의 세상은 마치 전쟁터 같다고 한 이유가 <u>아닌</u> 것은 무엇인 가요? (   )

① 곳곳에 쓰레기 더미가 쌓여 있었기 때문에

② 수녀를 바라보는 사람들의 시선이 적군 같았기 때문에

③ 뼈만 앙상하게 남은 아이들이 쓰레기통을 뒤지고 있었기 때문에

④ 상처투성이인 사람들이 고통스러운 모습으로 쓰러져 있었기 때문에

논술 3. 테레사 수녀는 수도원 밖의 세상을 보고 눈물을 흘렸습니다. 그 눈물 속에 담긴 것은 무엇이었을지 보기 와 같이 써 보세요.

보기

왜 나는 이 불쌍한 사람들의 비참한 생활을 알지 못했을까?

테레사는 아픈 것도 잊은 채 쓰레기를 뒤지고 있는 아이들에게 달려갔습니다. 그리고 가지고 있던 음식을 나누어 주었습니다.

거리에 있던 아이들이 우르르 테레사 곁으로 모여들었습니다.

"그래그래, 이것을 먹으렴."

테레사는 가방에서 옷가지를 꺼내 거의 알몸으로 쓰러져 있는 사람들에게 주었습니다.

"이걸 걸치세요."

죽은 것처럼 쓰러져 있던 사람들이 가까스로 몸을 일으켰습니다.

'내가 있을 곳은 여기구나!'

이 모습을 보며 테레사는 굳은 결심을 했습니다.

얼마 뒤 테레사는 수도원에서 나와 굶주리고 가난한 사람들과 함께 생활하며 그들을 돕기 시작했습니다.

'우선 아이들을 가르칠 수 있는 학교를 만들자. 배우지 못하면 저 아이들은 어른이 되어서도 마찬가지의 생활을 해야 할 거야.'

테레사는 아이들을 모으기 시작했습니다.

언어 1. 테레사 수녀는 '내가 있을 곳은 여기구나!'라고 생각했습니다. 테레사 수녀가 말한 '여기'가 의미하는 것을 가장 잘 이해한 친구는 누구인가요? (   )

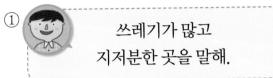

① 쓰레기가 많고 지저분한 곳을 말해.

② 아이들을 가르칠 수 있는 곳을 말해.

③ 사람들과 편히 쉴 수 있는 곳을 말해.

④ 가난하고 병든 사람들이 많은 곳을 말해.

사회 탐구 2. 콜카타의 수도원 근처 마을에는 다음과 같은 문제가 있습니다. 이 문제를 해결할 수 있는 방법을 자유롭게 생각하여 빈칸에 써 보세요.

사람들의 모습	문제	해결 방법
(1) 쓰레기를 뒤지고 있는 아이들	식생활 문제	하루에 한 번 무료로 음식을 나누어 준다.
(2) 거의 알몸으로 쓰러져 있는 사람들	의생활 문제	
(3) 거리에 쓰러져 있는 사람들	주생활 문제	

논술 3. 테레사 수녀는 가장 먼저 학교를 세울 결심을 했습니다. 만약 여러분이 테레사 수녀라면 이 마을을 위해 먼저 무엇을 할 것이고, 그 이유가 무엇인지 보기 와 같이 써 보세요.

보기 우선 아픈 사람들이 치료받을 수 있는 병원을 만들자. 건강하지 못하면 남의 도움이 계속 필요하고 일을 할 수도 없을 테니까.

테레사는 집집마다 찾아다니며 어른들을 설득했습니다.

"아이들은 공부를 해야 하는데 가르칠 곳이 없어요. 우리가 조금씩만 도우면……."

어른들은 테레사의 말을 들으려고 하지 않았습니다.

"먹을 것도 없는데, 공부는 무슨 공부!"

문도 열어 주지 않고 *억박지르는 사람도 많았습니다.

"우리 아인 공부 따위 필요 없어요!"

테레사는 문밖에서 그냥 돌아서기 일쑤였습니다. 다음 날도 그다음 날도 마찬가지였습니다.

'어떻게 하면 사람들의 마음을 움직일 수 있을까?'

테레사는 밤이 깊도록 쉽게 잠을 이룰 수 없었습니다. 아이들의 초롱초롱한 눈망울이 머릿속에서 떠나지 않았습니다.

※ **설득**: 상대편이 이쪽 편의 주장하는 것을 따르도록 여러 가지로 깨우쳐 말함.
※ **억박지르다**: 심하게 짓눌러 기를 꺾다.

1. 마을 어른들은 왜 테레사 수녀의 말을 귀담아듣지 않았나요? (   )

① 수녀를 싫어해서

② 아이들이 공부를 싫어해서

③ 집에서도 아이들이 공부할 수 있다고 생각해서

④ 공부보다 먹고사는 것이 더 중요하다고 생각해서

1주 2일 학습 끝!

붙임 딱지 붙여요.

2. 테레사 수녀는 아이들을 가르치는 교육을 중요하게 생각했습니다. 사람이 교육을 받아야 하는 이유가 아닌 것은 어느 것인가요? (   )

① 지식과 정보를 얻을 수 있다.

② 여러 사람의 소식을 빠르게 들을 수 있다.

③ 여러 사람과 어울리는 것을 배울 수 있다.

④ 현재보다 더 나은 생활을 할 수 있는 밑거름이 된다.

3. 만약 여러분이 테레사 수녀라면 마을 사람들의 마음을 어떻게 움직일지 보기 를 참고하여 써 보세요.

보기 마을 사람들에게 먹을 음식을 나누어 준다.

"테레사 수녀님, 수녀님!"

아이들 소리에 테레사는 눈을 떴습니다. 어른들은 반대했지만 아이들은 날이 밝기가 무섭게 테레사에게 공부를 배우러 왔습니다.

'아무것도 없는데, 어디서 어떻게 가르쳐야 하나?'

가르칠 만한 교실도 도구도 없었지만, 테레사는 포기하지 않았습니다. 테레사는 커다란 나무 아래에 아이들을 모아 놓고 칠판 대신 땅바닥에 글씨를 써 가며 가르쳤습니다. 테레사가 땅바닥의 글씨를 읽으면, 아이들은 또랑또랑한 목소리로 따라 읽었습니다. 온 마을에 아이들의 목소리가 울려 퍼졌습니다. 아이들을 힘들게 가르치고 있는 테레사의 소식을 듣고 수도원의 제자들이 찾아왔습니다.

"선생님, 저희가 도울게요."

제자들의 도움으로 학교가 세워졌습니다. 그러자 모른 체하던 마을 사람들도 하나둘 힘을 보태어 주었습니다.

※ **포기**: 하려던 일을 중도에 그만둠.

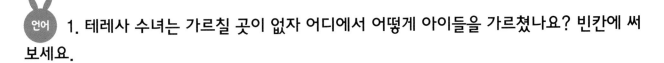

언어 1. 테레사 수녀는 가르칠 곳이 없자 어디에서 어떻게 아이들을 가르쳤나요? 빈칸에 써 보세요.

┌─────────────────────────┐   ┌─────────────────────────┐
│ (1) 어디에서 가르쳤나요?   │   │ (2) 어떻게 가르쳤나요?   │
│   │   │   │
│   │   │   │
└─────────────────────────┘   └─────────────────────────┘

사회 탐구 2. 테레사 수녀가 짓고 싶어 하는 학교는 우리를 둘러싼 환경 중 '인문 환경'에 해당합니다. 보기 의 환경들을 인문 환경과 자연환경으로 나누어 빈칸에 써 보세요.

보기	학교 마을 회관 산 들 도로 바다 아파트

구분	환경	종류
(1) 인문 환경	사람을 둘러싸고 있는 것 중 사람이 만든 것	
(2) 자연환경	사람을 둘러싸고 있는 것 중 사람이 만들지 않은 것	

논술 3. 테레사 수녀가 글씨를 읽으면 아이들이 또랑또랑한 목소리로 따라 읽었습니다. '또랑또랑하다'를 넣어 보기 와 같이 짧은 글을 써 보세요.

보기	테레사가 땅바닥의 글씨를 읽으면, 아이들은 또랑또랑한 목소리로 따라 읽었습니다.

테레사 수녀를 도와 마을 사람들은 스스로 거리를 정리하고 우물을 파기 시작했습니다. 쓰레기가 넘쳐 나던 거리가 깨끗해졌고, 썩은 물이 고여 있던 우물에서 맑은 물이 솟아났습니다.

그러나 가난하고 병든 사람들은 여전히 많았습니다. 피를 토하며 쓰러지는 결핵 환자, 살이 썩어 가는 나병 환자들이 거리에 가득했습니다.

'이대로는 안 되겠어. 가난한 사람들이 무료로 진료받는 곳을 만들 수 없을까?'

테레사 수녀는 지원 단체나 관공서를 찾아다니며 무료 진료소를 만들어 달라고 도움을 청했습니다. 발바닥이 닳도록 걷고, 목이 쉬도록 말했습니다.

"이곳은 마음대로 들어오시면 안 됩니다!"

"미안합니다. 저희 일도 바빠서요!"

아무리 찾아봐도 도와주겠다고 선뜻 나서는 곳이 없었습니다.

※ **결핵**: 결핵균에 감염되어 일어나는 만성 전염병. 대개 가래나 침을 통하여 호흡 기관으로 감염됨.
※ **나병**: 나병균에 감염되어 일어나는 만성 전염병. 피부에 살점이 불거져 나오거나 눈썹이 빠지고 손발이나 얼굴이 변함.

1. 테레사 수녀와 마을 사람들이 한 일이 <u>아닌</u> 것은 어느 것인가요? (   )

① 거리를 정리하고 우물을 손보았다.

② 거리에 넘쳐 나던 쓰레기를 치웠다.

③ 나병 환자와 결핵 환자를 치료하였다.

④ 썩은 물이 고여 있던 우물에서 맑은 물이 솟아나도록 했다.

2. 거리가 더러우면 전염병에 걸리기 쉽습니다. 다음 중 전염병을 예방하기 위해 해야 할 일을 모두 고르세요. (   )

① 예방 접종을 한다.

② 손을 깨끗이 씻는다.

③ 전염병 환자를 다른 환자들과 같은 병실에서 간호한다.

④ 전염병에 걸린 사람은 즉시 다른 사람들과 떼어 놓는다.

3. 테레사 수녀는 여러 단체에 무료 진료소를 만들어 달라고 부탁했지만 거절당했습니다. 그 사람들을 설득할 수 있는 글을 보기 와 같이 써 보세요.

보기 선생님, 선생님의 아이가 아픈데 치료할 돈이 없다면 어떻게 하시겠습니까? 꼭 좀 도와주세요.

혼자 이 많은 일들을 하다 보니 테레사 수녀는 점점 지쳐 갔습니다.

"똑똑똑."

때마침 제자 한 명이 테레사를 찾아왔습니다.

"수녀님이 하시는 일을 함께하고 싶어요."

테레사 수녀는 믿기지 않았습니다. 그 제자는 어마어마한 부잣집 딸이었기 때문입니다.

"가난한 사람들과 함께 사는 일은 몹시 힘들단다."

"예, 알고 있어요. 하지만 수녀님과 함께라면 아무리 힘든 일이라도 기쁘게 할 수 있을 것 같아요."

제자는 확신에 차 있었습니다. 테레사는 제자의 세례명을 자신의 세례명인 '아그네스'로 지어 주었습니다. 아그네스는 테레사에게 큰 힘이 되었습니다.

※ **세례명**: 가톨릭에서 정식 신자가 되기 위한 의식인 세례 때 사람들에게 붙여 주는 이름. 주로 성경에 나오는 인물이나 성인의 이름을 붙임.

언어 1. 테레사 수녀가 힘들어할 때, 그녀를 도와줄 제자가 찾아왔습니다. 이렇게 '아무리 어려운 상황에 처하더라도 살아날 방도가 생긴다.'는 뜻을 가진 속담은 무엇인가요? ( )

① 백지장도 맞들면 낫다.

② 아니 땐 굴뚝에 연기 날까.

③ 하늘이 무너져도 솟아날 구멍이 있다.

④ 콩 심은 데 콩 나고 팥 심은 데 팥 난다.

언어 2. 테레사 수녀는 자신을 찾아온 제자의 세례명을 자신의 세례명인 '아그네스'로 지어 주었습니다. 그 속에 담긴 뜻이 무엇일까요? ( )

① 재물을 아까워하지 마라.

② 늘 가난한 이웃과 함께해라.

③ 어려운 일이 있으면 피해 가라.

④ 꼭 학교를 지을 수 있도록 도와주어라.

논술 3. 테레사 수녀는 제자에게 "가난한 사람들과 함께 사는 일은 몹시 힘들단다."라고 하였습니다. 여러분은 세상에서 가장 힘든 일이 무엇이라고 생각하는지 그 이유와 함께 보기 처럼 써 보세요. 그리고 그 일을 할 때 자신의 표정을 그려 보세요.

보기 (1) 세상에서 가장 힘든 일: 마라톤
(2) 그렇게 생각한 이유: 조금도 쉬지 않고 긴 거리를 뛰어야 하기 때문에

(1) 세상에서 가장 힘든 일:

(2) 그렇게 생각하는 이유:

(3) 그 일을 할 때의 표정

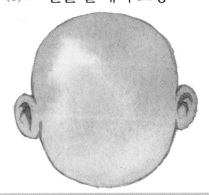

29

테레사는 제자들과 함께 '사랑의 선교 수녀회'라는 단체를 만들었습니다. 사랑의 선교 수녀회는 가난한 사람들을 돕기 위한 모임이었습니다. 사랑의 선교 수녀회가 문을 열자마자 그 앞에는 새벽부터 수많은 사람들이 밥을 얻어먹기 위해 줄을 섰습니다.

"사흘 동안 아무것도 먹지 못했습니다. 제발 먹을 것 좀 주세요."

아무리 많은 양을 준비해도 음식은 늘 부족했고, 줄을 서는 사람은 날이 갈수록 늘었습니다.

테레사는 더 많은 사람에게 밥과 약을 주고 싶었습니다.

'밥을 못 먹고 돌아가는 사람이 없어야 할 텐데……'

테레사의 마음은 세상에 알려졌고, 사랑의 손길은 끊이지 않았습니다. 여러 나라에서 의약품과 식량이 도착했습니다. 테레사 수녀를 돕겠다는 봉사자도 점점 많아졌습니다.

시간이 지나면서 인도뿐 아니라 세계 곳곳에 사랑의 선교 수녀회가 세워졌습니다. 테레사의 사랑이 뿌리를 내린 것입니다.

* **사랑의 선교 수녀회**: 병들고 가난한 사람들을 돕기 위해 1950년 인도 콜카타의 빈민가에 설립됨.

1. 다음은 어떤 단체가 하는 일인지 이 글에서 찾아 써 보세요.

이곳은 굶주린 사람들에게는 먹을 것을 주고, 병든 사람들에게는 치료받을 수 있도록 도와주는 곳입니다. 또 거리에서 죽어 가는 사람들이 죽음을 편안하게 맞이할 수 있도록 도움을 주기도 합니다. 우리나라에는 1981년 5월 테레사 수녀가 방문하면서 세워졌습니다.

▲ 이 단체 회원들이 죽어 가는 사람들을 돌보고 있다.

(   )

2. 사랑의 선교 수녀회가 문을 열자마자 사람들은 그 앞에 길게 줄을 섰습니다. 줄을 선 이유는 무엇일까요? (   )

① 밥을 먹기 위해서
② 선물을 받기 위해서
③ 옷을 얻어 입기 위해서
④ 군것질거리를 얻기 위해서

3. 여러분이 만일 '사랑의 선교 수녀회' 회원이 되어 봉사를 한다면 어떤 일을 할 수 있을까요? 여러분이 도와줄 수 있는 일을 한 가지 이상 써 보세요.

보기 밥을 얻어먹으려고 줄을 선 사람들에게 밥을 퍼서 나눠 준다.

그러던 어느 날이었습니다. 인도를 방문한 교황[*]이 테레사 수녀가 일하는 곳으로 직접 찾아왔습니다.

테레사 수녀와 제자들은 평상시와 똑같이 가난한 사람들을 돌보며 모든 것을 함께했습니다. 그 모습을 오래도록 지켜보던 교황은 테레사의 손을 꼭 잡으며 말했습니다.

"이렇게 힘든 일을 하는데도 당신의 얼굴에 기쁨이 넘치는군요. 당신은 세상 모든 사람의 어머니 같아요, 마더 테레사!"

이때부터 사람들은 테레사를 '마더 테레사'라고 불렀습니다.

"매일 많은 곳을 다니려면 차가 필요할 텐데, 내 차를 타고 다녀요."

교황은 자신이 타고 온 승용차를 테레사에게 선물했습니다.

그러나 테레사는 승용차를 타지 않았습니다. 그 대신 승용차를 팔아서 나병 환자들의 재활[*] 마을을 짓는 데 보태었습니다. 그 재활 마을이 바로 '평화의 마을(샨티 나가르)'입니다.

※ **교황**: 가톨릭교의 최고위 성직자.
※ **재활**: 신체장애자가 장애를 극복하고 생활함.

1. 교황은 왜 테레사 수녀를 '마더 테레사'라고 불렀을까요?

(   )

① 별명이 '엄마'여서
② 엄마를 많이 닮아서
③ 아이들이 '엄마'라고 불러서
④ 가난하고 병든 사람들을 자식처럼 보살펴서

2. 다음은 테레사 수녀가 어떤 시설을 설립하게 된 과정을 보여 주고 있습니다. 이 시설의 이름을 이 글에서 찾아 써 보세요.

- 1957년 나병 환자 몇 명이 가족에게 버림받고 테레사 수녀를 찾아왔다.
- 때마침 나병과 피부병의 권위자인 센 박사가 마더 테레사를 돕겠다고 나섰다.
- 1957년 나병 환자를 위한 최초의 이동 진료 차가 진료를 시작했다.
- 1961년 서벵골 주 정부에서는 마더 테레사에게 땅을 기증했다.
- 교황이 마더 테레사에게 준 자동차를 팔아서 이 시설을 짓는 데 보탰다.
- 2년여에 걸쳐 여러 사람들의 도움을 받아 나병 환자들을 치료하고 그 가족들과 함께 일할 수 있는 시설이 완성되었다.

(   )

3. 교황은 자신이 타고 온 승용차를 테레사 수녀에게 주었습니다. 만일 내가 테레사 수녀라면 승용차를 어떻게 했을지 테레사 수녀의 말투로 써 보세요.

테레사 수녀는 늙고 병든 사람들이 편안하게 죽음을 맞이할 수 있도록 '죽음을 기다리는 집'을 만들기도 했습니다.

"평생을 거리에서 살았는데, 이렇게 따뜻한 곳에서 눈을 감게 되다니……. 정말 감사합니다."

죽어 가는 사람들의 입가에 잔잔한 미소가 번졌습니다. 테레사 수녀는 아무 말 없이 그들의 손을 꼭 잡아 주었습니다.

테레사 수녀는 종종 가난한 사람들에게 말했습니다.

"가진 것이 많을수록 줄 수 있는 것이 적습니다. 가난은 놀라운 선물이며 우리에게 자유를 줍니다."

평생을 가장 낮은 자리에서 병들고 가난한 이웃을 위해 일한 테레사 수녀. 그녀는 1979년 노벨 평화상을 받았습니다.

그리고 1997년 9월 5일, 여든일곱의 나이로 평생 가장 사랑했던 하느님의 곁으로 돌아갔습니다.

※ **노벨 평화상**: 노르웨이의 노벨 위원회에서 인류의 평화에 기여한 공로자에게 수여하는 상.

언어 1. 테레사 수녀가 거리에서 죽어 가는 가난한 사람들을 위해 만든 곳은 무엇인가요?

( )

① 평화의 마을

② 결핵 환자 요양소

③ 마더 테레사 하우스

④ 죽음을 기다리는 집

1주 4일
학습 끝!

붙임 딱지 붙여요.

사회 탐구 2. 평생을 가장 낮은 자리에서 병들고 가난한 이웃을 위해 일한 테레사 수녀는 1979년에 노벨 평화상을 받았습니다. 다음 중 우리나라에서 테레사 수녀가 받았던 노벨 평화상을 받은 사람은 누구일까요? ( )

①

김수환(추기경)

②

김연아(전 피겨
스케이팅 선수)

③

반기문 (제8대
유엔 사무총장)

④

김대중(제15대
대한민국 대통령)

논술 3. 노벨 평화상 시상식은 노벨의 유언에 따라 노벨이 죽은 날인 12월 10일 노르웨이 오슬로에서 열립니다. 여러분이 기자라고 생각하고 테레사 수녀가 노벨 평화상을 받는 모습을 기사문으로 써 보세요.

○○일보   20○○년 ○○월 ○○일 ○요일

제목:

35

Ⅰ '마더 테레사'를 재미있게 읽었나요? 다음 중 어릴 적 테레사 수녀가 불쌍한 사람들을 도와야겠다고 마음먹는 데 가장 큰 역할을 한 사람을 찾아 ◯표를 하세요.

테레사 아빠 (   )

테레사 엄마 (   )

제자 (   )

교황 (   )

콜카타 마을 어른들
(   )

콜카타 마을 아이들
(   )

2 테레사 수녀가 인도 콜카타에서 한 일에는 ◯표를, 하지 않은 일에는 ✕표를 하세요.

⑴ '사랑의 선교 수녀회'를 열었다.   (   )

⑵ 어린아이들을 위해 학교를 세웠다.   (   )

⑶ 나병 환자와 결핵 환자를 섬으로 보냈다.   (   )

⑷ 어머니를 따라 고향 마을에서 봉사를 하였다.   (   )

⑸ '평화의 마을'과 '죽음을 기다리는 집'을 만들었다.   (   )

3 마더 테레사는 평생 많은 일을 하였습니다. 다음 장소와 관계있는 활동을 찾아 줄로 이어 보세요.

(1) 수도원 •

(2) 무료 진료소 •

(3) 무료 급식소 •

(4) 평화의 마을 •

(5) 죽음을 기다리는 집 •

• ㉠ 아이들에게 지리, 역사, 교리를 가르쳤습니다.

• ㉡ 배고픈 사람들에게 밥을 나누어 주었습니다.

• ㉢ 나병 환자들이 재활할 수 있도록 도왔습니다.

• ㉣ 거리의 죽어 가는 사람들을 보호하고 간호했습니다.

• ㉤ 가난하고 병든 사람들을 무료로 치료해 주었습니다.

4 1979년 마더 테레사는 노벨 평화상을 받았습니다. 만일 여러분이 테레사 수녀에게 특별한 상을 준다면 어떤 상을 줄지 생각하여 다음 상장을 완성해 보세요.

상 장

이름 테레사

.... 상

위 사람은 ....

....

이 상장을 주어 칭찬합니다.

20◯◯년 ◯◯월 ◯◯일
대한민국 어린이 대표 ....

궁금해요

테레사 수녀의 발걸음을 따라

테레사 수녀는 평생을 가난하고 아픈 사람들을 위해 헌신한 사랑의 실천자였어요. 테레사 수녀가 머물렀던 곳들을 둘러보며 테레사 수녀의 마음을 배워 봅시다.

콜카타, 인도의 중심 도시로 발전하다

테레사 수녀가 나눔을 실천한 곳인 콜카타는 인도 서벵골주의 중심 도시로, 영국이 인도를 다스릴 때 인도의 수도였습니다. 19세기에 독립 운동이 활발하게 일어난 곳이기도 하지요. 그러나 인도의 수도가 뉴델리로 바뀌면서 요즘에는 사람들의 입에 덜 오르내리고 있답니다.

▲ 인도를 다스렸던 영국 여왕 빅토리아를 기리는 빅토리아 기념관. 콜카타에 있다.

콜카타의 원래 이름은 캘커타였는데, 2000년에 전통 이름인 콜카타로 바뀌었어요. 콜카타는 갠지스강에서 나온 물줄기인 후글리강 기슭에 있으며, 강을 사이에 두고 후글리시와 연결되어 있어요.

테레사, 콜카타 빈민촌을 가다

콜카타는 영국이 인도를 다스릴 때 무역의 중심지로 번영을 누렸지요. 그러나 영국의 통치가 끝나고 수도가 뉴델리로 바뀌면서 조금씩 무너지기 시작했어요. 굶주린 사람들이 거리에서 죽어 갔고, 도시는 폐허가 되었지요. 테레사 수녀는 죽어 가는 도시 콜카타에서 사랑을 실천하면서 새로운 희망의 씨앗을 뿌렸답니다. 콜카타에 있는 '마더 테레사 하우스'라는 수녀원은 테레사 수녀가 인도의 가난한 사람들을 위해 평생 봉사하며 살았던 곳이에요. 현재 이곳은 테레사 수녀의 정신을 이어받으려는 사람들의 순례지가 되고 있답니다.

'사랑의 선교 수녀회', 테레사 수녀의 손길이 살아 숨 쉬다

테레사 수녀가 1950년에 세운 '사랑의 선교 수녀회'는 지금까지도 활발히 활동하고 있어요. 현재 사랑의 선교 수녀회는 세계 약 133개국에 널리 퍼져 있으며, 수많은 수녀들이 구호·봉사 활동을 하면서 수도 생활을 하고 있지요.

'사랑의 선교 수녀회'가 하는 일은 점점 다양해지고 있어요. 환자 방문, 가정 방문, 죄수 방문 등은 물론이고, 무료 진료소, 나병 환자 치료 등 의료 활동도 꾸준히 펴고 있답니다.

사랑의 선교 수녀회, 더 많은 사랑을 실천하다

▲ 마더 테레사

1970년 이후부터 사랑의 선교 수녀회는 알코올 중독자와 마약 중독자들을 위한 치료 센터를 여러 곳에 열었어요. 그리고 1980년대부터는 에이즈 환자들을 위한 활동도 시작했지요. 사랑의 선교 수녀회는 1985년 뉴욕에 에이즈 환자들을 위한 첫 번째 시설을 연 이래 미국의 워싱턴, 샌프란시스코, 애틀랜타, 그리고 에스파냐, 포르투갈, 브라질, 온두라스 등에도 관련 시설을 열었답니다. 마더 테레사는 죽을 때까지 에이즈 환자들이 사랑의 선교 수녀회의 보살핌을 받기를 원했다고 해요.

테레사 수녀의 "가난한 사람이 있다면 달까지라도 찾아갈 것입니다."라는 유언에 따라, 사랑의 선교 수녀회는 봉사의 범위를 더욱 넓혀 가고 있답니다.

🖋 '사랑의 선교 수녀회'는 봉사해야 할 곳이라면 어디든지 찾아가요. 우리 주변에 봉사의 손길이 필요한 곳은 어디인지 써 보세요.

내가 할래요

나도 나누며 살래요!

| 아래의 나무 열매에 여러분의 나눔 실천 목록을 보기 와 같이 써 보세요.

보기 몸이 불편한 친구의 가방을 들어 준다.

①

②

1주
학습 끝!

확인할 내용	잘함	보통임	부족함
1. 이번 주 학습을 5일(월요일~금요일) 안에 끝마쳤나요?			
2. 마더 테레사에 대하여 잘 알게 되었나요?			
3. 사랑의 선교 수녀회 등 마더 테레사가 한 일을 설명할 수 있나요?			
4. 나는 어떤 사람들을 위해 어떤 재능을 기부할지 생각했나요?			

2 여러분의 재능을 어떻게 다른 사람들과 나눌지 보기 와 같이 써 보세요.

보기 나는 그림 그리는 것을 좋아하니까 그림엽서를 만들어 친구들에게 나누어 준다.

①

②

1주 5일
학습 끝!

붙임 딱지 붙여요.

전하는 말

2주

민들레 국숫집

생각톡톡 이 꽃은 민들레꽃입니다. 민들레는 흰 갓털이 달린 씨를 바람에 날려 멀리 퍼뜨립니다. 만일 '민들레 국숫집'이라는 가게가 있다면, 이 가게에는 어떤 뜻이 담겨 있을지 짐작하여 써 보세요.

관련교과 [국어 5-1] 경험을 떠올리며 작품 감상하기
[사회 5-1] 인권 존중을 위한 법과 헌법의 의미 및 역할 알기

민들레 국숫집

지하철역에서 나와 냉면 골목을 지나 고갯길을 따라 올라가면 아주 작은 건물에 노란색 글씨로 써 놓은 간판 하나가 달려 있습니다.

'민들레 국숫집'

오전 열 시, 문이 열리자마자 손님들이 들어옵니다. 열 명이 앉으면 자리가 꽉 차는 작은 식당이지요. 줄을 선 사람이 아무리 많아도 순서는 정해져 있어요. 제일 오래 밥을 굶은 사람이 가장 먼저 식당 안으로 들어가지요. 그러나 기다리는 사람 누구 하나 얼굴을 찌푸리지 않아요.

커다란 솥에선 구수한 된장국이 끓고 있어요. 긴 탁자 위에는 그릇마다 먹음직스러운 음식들이 듬뿍듬뿍 담겨 있고요. 돼지고기를 넉넉하게 넣고 볶은 제육볶음, 새콤달콤 겉절이, 야들야들 어묵볶음, 두부 부침에 고추조림까지……. 후식으로 먹을 요구르트도 있답니다.

언어 1. 이 글에 나타난 민들레 국숫집의 모습과 거리가 먼 것은 어느 것인가요? (   )

① 버스 정류장 앞에 있는 가게이다.

② 한식 요리를 먹을 수 있는 가게이다.

③ 의자가 10개 정도 놓이는 작은 가게이다.

④ 손님들이 줄을 서서 기다릴 정도로 인기가 많다.

**사회
탐구** 2. 다음은 지하철역에서 민들레 국숫집까지 가는 길을 지도로 그려 놓은 것입니다. 민들레 국숫집이 있을 만한 위치에 ◯표를 하세요.

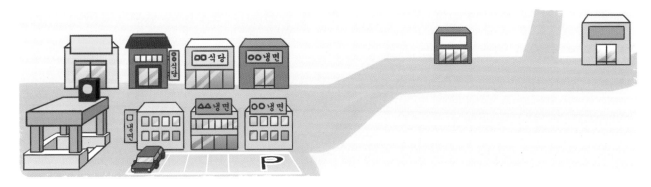

논술 3. 이 글에는 민들레 국숫집의 음식이 그림처럼 자세하게 표현되어 있습니다. 오늘 아침 우리 집 식탁의 풍경을 보기 처럼 그림을 그리듯이 자세히 써 보세요.

> **보기** 따끈따끈한 인절미 다섯 개가 곰돌이 접시에 먹음직스럽게 놓여 있고, 시원해 보이는 우유가 유리컵에 가득 담겨 있다. 그 옆에는 노란 플라스틱 젓가락이 가지런히 놓여 있다.

손님들은 오후 다섯 시까지 부지런히 찾아옵니다. 손님들 중에는 두 번 오는 손님도 있고, 세 번 오는 손님도 있지요.

손님들이 들어올 때마다 문 위에 걸린 풍경[*]이 먼저 인사를 해요.

"땡! 땡!"

풍경 소리에 이어 밝은 목소리가 가게 안에 울려 퍼집니다.

"어서 오세요. 찬식 씨, 오랜만이네요. 그동안 잘 지냈어요?"

"종만 씨, 그동안 왜 이렇게 뜸했어요? 종만 씨가 좋아하는 제육볶음이랑 두부 부침 많이 먹고 가세요."

인사를 건네는 사람은 민들레 국숫집의 주방장 아저씨입니다. 동글동글한 얼굴에 싱글벙글 늘 웃음이 떠나지 않아요.

"아이고 할머님, 허리가 안 좋으셨나 봐요. 왜 이렇게 오랜만에 들르신 거예요. 정말 보고 싶었단 말이에요."

아저씨는 단골손님[*]들의 이름뿐 아니라 성격이나 좋아하는 음식까지도 줄줄 꿰고 있습니다.

※ **풍경**: 지붕의 처마 끝에 다는 작은 종.
※ **단골손님**: 늘 정해 놓고 거래를 하는 손님.

언어 1. 이 글에 표현된 민들레 국숫집 주방장 아저씨의 모습과 가장 가까운 그림은 어느 것인가요? (   )

①    ②    ③    ④

과학탐구 2. 종만 씨가 좋아하는 제육볶음은 돼지고기와 여러 가지 야채를 섞어서 만든 '혼합물'입니다. 다음 중 혼합물에 대한 설명으로 옳지 <u>않은</u> 것은 어느 것인가요? (   )

① 어묵과 양파를 넣은 어묵볶음은 혼합물이다.

② 혼합물은 두 가지 이상의 물질이 섞여 있는 것을 말한다.

③ 쌀과 클립이 섞인 혼합물을 분리할 때에는 자석을 이용하는 것이 좋다.

④ 모래와 구슬이 섞인 혼합물을 분리할 때에는 모래가 빠져나갈 수 없는 체를 이용하는 것이 좋다.

논술 3. 이 글에 나타난 민들레 국숫집 주방장 아저씨의 행동을 바탕으로, 아저씨의 성격이 어떠할지 짐작하여 써 보세요.

　　손님들은 커다란 접시에 밥과 반찬을 마음껏 담아 식탁으로 가져갑니다. 몇 번씩 오가며 밥과 반찬을 더 가져다 먹기도 하지요.

　　그런데 참 이상하지요? 손님들은 들어올 때도, 밥을 먹으면서도 별말이 없습니다. 게다가 밥을 다 먹은 뒤에는 돈 한 푼 안 내고 그냥 나가지요.

　　그런데도 주방장 아저씨의 얼굴 표정은 항상 그대로예요. 돈을 내지 않았는데도 항상 싱글벙글 웃고 있거든요. 아니, 오히려 고맙다고 인사를 하기도 해요.

　　"감사합니다. 다음에 또 오세요."

　　그리고 보니 민들레 국숫집에는 계산대가 없습니다. 돈을 받는 사람도, 돈을 내는 사람도 없지요.

　　마땅히 갈 곳이 없어 거리에서 생활하는 노숙자들, 밥을 제때 해 먹을 수 없을 만큼 가난하거나 아픈 사람들, 그리고 배고픈 사람들은 누구나 민들레 국숫집에서 밥을 먹을 수 있답니다.

48

1. 민들레 국숫집에 대해 바르게 말한 것은 어느 것인가요? (   )

① 자기가 먹은 만큼 돈을 내는 식당이다.

② 손님이 내고 싶은 만큼만 돈을 내는 식당이다.

③ 계산대도 없고 돈을 내지 않아도 되는 식당이다.

④ 손님이 직접 계산을 해서 돈을 바구니에 넣고 가는 식당이다.

2주 1일
학습 끝!

붙임 딱지 붙여요.

2. 사회 구성원 중 비교적 수가 적고 사회적으로 힘이 없어서 약자의 위치에 있는 사람들을 '소수자'라고 합니다. 소수자에 대한 설명으로 바르지 <u>않은</u> 것은 어느 것인가요?

(   )

① 민들레 국숫집에서 밥을 먹는 사람들은 대부분 소수자이다.

② 장애인, 외국인 근로자, 북한 이탈 주민도 소수자에 해당한다.

③ 소수자들은 대부분의 사람들과 다른 특징을 가졌으므로 차별해도 된다.

④ 소수자들이 사회적으로 힘이 없기 때문에 그들을 무시하는 사람도 있다.

3. 민들레 국숫집을 처음 온 사람은 계산대가 없어서 당황할 것입니다. 그런 사람들을 위해 안내문을 만든다면 어떤 문구를 넣을지 써 보세요.

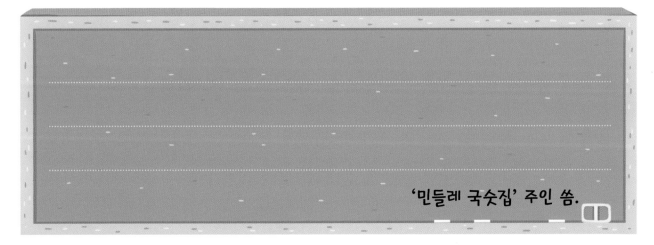

'민들레 국숫집' 주인 씀.

"띠리리리, 띠리리리리."

정신없이 바쁜 가게에 전화벨 소리가 요란하게 울립니다. 주방장 아저씨가 헐레
벌떡 뛰어와 수화기를 들지요.

"네? 국수 다섯 그릇을 배달해 달라고요? 하하하."

주방장 아저씨가 목소리를 높이는가 싶더니, 갑자기 큰 소리로 웃습니다.

"저, 죄송한데요, 이곳은 국숫집이 맞기는 한데, 국수를 팔지는 않습니다. 하지만
배가 고프면 언제든지 와서 따뜻한 밥 한 그릇 드시고 가세요."

아저씨가 웃음이 가시지 않은 얼굴로 수화기를 내려놓습니다. 국숫집은 맞지만,
국수를 팔지는 않는다고? 배가 고프면 언제든 와서 따뜻한 밥 한 그릇 먹으라고?

아저씨의 말은 거짓말 같지만 사실입니다. 이곳 민들레 국숫집은 배고픈 사람들
에게 밥을 주기는 하지만 국수를 주지는 않습니다. 그리고 돈을 받으며 팔지도 않
습니다.

※ **헐레벌떡**: 급하게 숨을 몰아쉬는 모양.

1. 이 글에서 '거짓말 같지만 사실입니다.'에 해당하는 내용은 어느 것인가요?

(   )

① 주방장 아저씨가 너무 바빠서 국수 배달은 할 수 없다.

② 주방장 아저씨가 큰 소리로 말한 것으로 봐서 거짓말일 리 없다.

③ 국수 다섯 그릇을 배달하는 동안 가게를 비워야 해서 배달이 안 된다.

④ 국숫집이지만 국수를 팔지 않고, 배가 고프면 언제든지 와서 밥을 먹을 수 있다.

2. 우리 조상들은 잔칫날에 국수를 많이 먹었습니다. 다음 중 우리 조상들이 즐겨 먹던 음식과 세시 풍속을 잘못 연결한 것은 어느 것인가요? (   )

①
떡국–설날

②
팥죽–단오

③
송편–추석

④
오곡밥–대보름

3. 민들레 국숫집이 다른 가게와 다른 점이 무엇인지 생각하여 간판 안에 안내 문구를 써넣어 보세요.

민들레 국숫집

이곳은 _____

_____ 곳입니다.

주방장 아저씨는 원래 *수사였습니다. 수사로 지낼 때, 아저씨는 틈만 나면 교도소를 찾아가 *재소자들의 친구가 되어 주었지요.

이후 2000년이 되자, 아저씨는 가난한 사람들과 살기 위해 25년간의 수사 생활을 그만두고 수도원 밖으로 나왔어요. 단칸방을 마련한 아저씨는 이후 교도소에서 형을 마치고 나온 사람들과 함께 지내며 그들을 도왔습니다.

그러던 중에 우연히 배고픈 사람들이 밥 한 그릇을 먹기 위해 긴 시간을 무료 급식소 앞에서 기다리는 모습을 보게 되었어요. '아!' 아저씨는 마음에 큰 충격을 받았지요. 밥 한 그릇을 먹지 못해 힘겨워하는 사람들이 너무나 많다는 사실에 놀랐던 것이에요.

마침내 아저씨는 2003년 4월 1일 만우절에 거짓말 같은 일을 벌였어요. 가난하고 배고픈 사람들을 위해 공짜 밥집을 연 것이지요. 민들레의 작은 씨가 바람을 타고 날아가서 뿌리를 내리듯, 작은 사랑의 실천이 멀리멀리 퍼져 나가길 바라면서요. 그래서 가게 이름도 '민들레 국숫집'이라고 지었답니다.

※ **수사**: 수도회에 들어가 하느님의 뜻을 따르기 위해 일하는 사람.
※ **재소자**: 잘못을 저질러 감옥에 갇혀 있는 사람.

1. 주방장 아저씨는 왜 가게 이름을 '민들레 국숫집'이라고 지었나요? (   )

① 민들레씨가 바람을 타고 퍼져 가듯 큰돈을 벌게 해 달라고

② 민들레씨가 바람을 타고 퍼져 가듯 사랑이 널리 퍼져 나가라고

③ 민들레씨가 바람을 타고 퍼져 가듯 가게 이름을 널리 알리려고

④ 민들레씨가 여기저기 퍼져서 뿌리를 내리듯 장사를 오래 하려고

 2. 재소자 방문과 같은 봉사 활동이 사회에 미치는 영향과 관련이 <u>없는</u> 것은 어느 것인가요? (   )

① 재소자들에게 사회에 대한 긍정적인 마음을 갖게 한다.

② 재소자들이 사회에 나가 새로운 삶을 찾는 데 도움을 준다.

③ 일반 사람들이 재소자에 대해 부정적으로 생각했던 것을 바꿀 수 있다.

④ 재소자를 방문한 사람들에게 나라에서 돈을 지불해야 하므로 세금이 늘어난다.

3. '민들레 국숫집'처럼 가난한 이웃에게 무료로 밥을 주는 가게를 열려고 합니다. 좋은 뜻이 담긴 이름을 지어 간판에 적고, 그렇게 지은 이유를 써 보세요.

(1)

(2) 그렇게 지은 이유:

처음에는 식당 이름처럼 정말 국수만 대접했어요. 하지만 국수는 배가 너무 쉽게 꺼지는 단점이 있었어요. 배고프고 몸이 아픈 사람들에게는 밥이 약이나 다름없는데, 배가 쉽게 꺼지니 그만큼 빨리 지쳤지요. 그래서 얼마 뒤부터 아저씨는 국수 대신 밥을 짓기 시작했어요.

"정말 공짜로 밥을 주는 데가 있다고?"

식당 문을 연 지 얼마 되지 않아 입소문을 타고 찾아오는 사람들이 하루가 다르게 늘어났어요. 굶주린 사람들의 배를 채우려면 어마어마한 양의 쌀과 반찬이 필요했지요.

그런데 신기하게도 주방장 아저씨는 단 한 번도 쌀 걱정, 반찬 걱정을 해 본 적이 없어요. 나라의 지원을 받거나 후원해 주는 단체가 있는 것 아니냐고요? 아니요. 없어요. 하지만 쌀이 떨어질 때면 누군가 문 앞에 쌀 포대를 두고 가고, 김치가 떨어질 때면 누군가 배추와 고춧가루를 두고 갔지요. 세상 곳곳에 숨은 우렁 각시들이 조용히 다녀간 것이었어요.

※ **후원**: 뒤에서 도와주는 일.
※ **우렁 각시**: 우리나라의 전래 동화. 사람으로 변해서 착한 일을 하는 우렁이와 가난한 총각이 결혼해서 행복하게 산다는 줄거리이다. '우렁 각시'는 다른 사람들이 모르게 착한 일을 하는 사람을 빗대어 표현할 때 쓴다.

언어 1. 아저씨가 식당을 찾아오는 사람들에게 국수 대신 밥을 대접하게 된 이유는 무엇인가요? (   )

① 국수는 금방 배가 꺼지기 때문이다.
② 밥을 만드는 게 좀 더 쉽기 때문이다.
③ 국수 재료를 구하기 힘들기 때문이다.
④ 밥을 만드는 게 돈이 덜 들기 때문이다.

사회 탐구 2. 사람들은 쌀, 배추, 옷, 텔레비전 등과 같이 생활하는 데 필요한 여러 가지 것들을 만들어서 판매하고 있습니다. 이와 관련된 모든 활동을 '경제 활동'이라고 하는데, 다음 중 경제 활동이라고 할 수 <u>없는</u> 것은 어느 것인가요? (   )

① 어부가 자신이 번 돈으로 가족들과 외식을 한다.
② 어부가 고기잡이를 잘하기 위해 잠을 충분히 잔다.
③ 어부가 자신이 번 돈의 일부를 은행에 저축을 한다.
④ 어부가 생선을 잡아서 사람들에게 판매하여 돈을 번다.

논술 3. 이 글의 글쓴이는 다음과 같은 사람을 '세상 곳곳에 숨은 우렁 각시들'이라고 표현했습니다. 여러분은 이 사람들을 무엇에 빗대어 표현하고 싶은지 써 보세요.

> **보기**
> • 쌀이 떨어질 때면 문 앞에 쌀 포대를 두고 가는 사람
> • 김치가 떨어질 때면 문 앞에 배추와 고춧가루를 두고 가는 사람

간혹 손님이 몰려들어 일손이 필요할 때면, 이웃의 할머니들이 하나둘 찾아와 팔을 걷어붙이고 도와주었어요. 민들레 국숫집 사정을 알고 매일매일 출근하는 사람도 생겼고, 틈틈이 들러 반찬을 해 주거나 설거지를 해 주는 사람도 많아졌지요.

옆집 아주머니는 텃밭에서 키운 싱싱한 채소를 내밀며 말했어요.

"내가 직접 키운 상추와 쑥갓이라우. 도움이 될지 모르겠지만……."

생선 가게 아저씨는 비릿한 생선 냄새를 풍기며 말했어요.

"팔다 남은 생선인데, 좀 가져왔어요. 헤헤."

정육점 아저씨는 까만 비닐봉지를 수줍게 내밀며 말했지요.

"오늘은 돼지고기가 좋아서 조금 가져왔습니다."

누가 일부러 소문을 내지도 않았고 도움을 청하지도 않았지만, 무언가를 한 보따리씩 싸 들고 오는 사람들이 점점 늘어났습니다.

 1. 사람들은 왜 민들레 국숫집에 야채와 생선, 고기를 가져왔나요? (   )

① 그대로 두면 상하기 때문에
② 나라에서 나누도록 정하고 있어서
③ 언젠가 돈을 받을 것이라고 기대해서
④ 자신의 형편껏 가난하고 어려운 이웃을 돕고 싶어서

 2. 다음 중 봉사나 기부가 <u>아닌</u> 것은 어느 것인가요? (   )

① 민들레 국숫집에서 무료로 설거지를 했다.
② 민들레 국숫집에 공짜로 생선을 가져다주었다.
③ 민들레 국숫집의 전기를 수리해 주고 수리비를 받았다.
④ 민들레 국숫집에 텃밭에서 키운 싱싱한 상추를 주고 돈을 받지 않았다.

3. 사람들은 자신이 할 수 있는 대로 민들레 국숫집을 도와주었습니다. 여러분이 가난하고 아픈 사람들을 위해 할 수 있는 일들을 찾아 봉사 주머니 안을 가득 채워 보세요.

민들레 국숫집 단골손님 중에 일흔이 넘은 할머니 한 분이 있었습니다. 원래는 커다란 옥수수빵을 팔아 힘들게 살았는데, 얼마 전 옥수수빵 공장이 문을 닫는 바람에 생계가 더욱 막막해진 분이지요.

그때부터 할머니는 불편한 다리로 손수레를 끌며 버려진 종이 상자들을 주우러 다녔어요. 한여름 뙤약볕에도, 한겨울 눈보라에도 아랑곳하지 않고 할머니는 매일 매일 온 마을을 뒤지고 다녔지요.

그러던 어느 날, 할머니가 흰 봉투를 들고 민들레 국숫집 아저씨를 찾아왔어요. 할머니는 거칠고 투박한 손으로 주방장 아저씨에게 흰 봉투를 건넸지요.

"내 마음이야. 이걸로 맛있는 것 사 먹어."

아저씨는 봉투를 받아야 하나 말아야 하나 망설였습니다. 외손주 둘과 살아가는 할머니에게 그 돈이 얼마나 큰돈인지 알기 때문이었어요. 할머니는 아저씨 주머니에 억지로 봉투를 넣고 가 버렸습니다.

주방장 아저씨는 이런 분들을 위해서라도 더 열심히 일해야겠다고 다짐했습니다.

1. 주방장 아저씨는 왜 봉투를 받아야 하나 말아야 하나 망설였나요? (   )

① 할머니의 외손주들이 찾아와 화를 낼까 봐

② 할머니가 버려진 종이 상자를 달라고 할까 봐

③ 도움이 더 필요한 할머니가 오히려 돈을 건네서

④ 주방장 아저씨가 할머니에게 잘못한 일이 생각나서

2. 오른쪽 그림은 외가를 중심으로 한 가족 관계도입니다. 동그라미로 표시되어 있는 사람들을 '나'는 어떻게 불러야 할까요? 바르게 짝지은 것을 찾으세요. (   )

① ㉠ 이모   ㉡ 사촌

② ㉠ 외숙모   ㉡ 외사촌

③ ㉠ 고모   ㉡ 고종사촌

④ ㉠ 외숙모   ㉡ 이종사촌

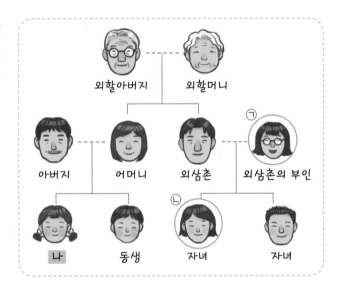

3. 다음 밑줄 친 말에 담긴 할머니의 마음이 무엇인지 생각해서 아저씨에게 길게 풀어서 말하듯 써 보세요.

> "<u>내 마음이야.</u> 이걸로 맛있는 것 사 먹어."

주방장 아저씨는 할머니를 보면서 돌아가신 어머니가 떠올랐습니다. 일곱 남매를 두고 아버지가 하늘 나라로 먼저 가셨을 때, 아저씨는 어머니마저 자신들을 두고 떠날까 봐 겁이 났어요.

당시는 보리밥도 먹기 힘든 시절이었지요. 그런데 어머니는 늘 당신의 밥은 많이 푸고 일곱 남매의 밥은 조금만 푸셨어요.

'우리를 키우느라 힘들어서 그러시나?'

그런데 희한하게도 어머니는 밥을 먹다가 곧잘 배가 아프다며 밥그릇에 남은 밥들을 아이들 그릇에 덜어 내곤 하셨어요.

"배 아파 도저히 못 먹겠다. 너희들이나 더 먹어라."

그러면 일곱 남매는 늘 뛸 듯이 좋아했지요. 엄마는 이미 많이 드셨을 거라고 생각했거든요.

그러던 어느 날, 아저씨는 어머니의 밥그릇을 보고 할 말을 잃고 말았어요. 어머니의 밥은 그릇 속에 다른 그릇을 엎어 놓고 밥으로 살짝 덮은 '공갈 밥'이었거든요. 자식들이 마음 아파할까 봐 일부러 밥을 많이 드시는 척했던 것이지요. 아저씨는 어머니의 깊은 사랑에 눈물을 삼켰어요.

1. 일곱 남매를 두고 아버지가 하늘 나라로 떠났을 때, 주방장 아저씨는 왜 겁이 났나요? (　　　　)

① 어머니가 혼을 낼까 봐

② 일곱 남매가 떨어져 살까 봐

③ 일곱 남매가 밥을 굶을까 봐

④ 어머니마저 자신들을 두고 떠날까 봐

 2. 어머니의 공갈 밥은 그릇 속에 다른 그릇을 엎어 놓고 그 위를 밥으로 덮은 것입니다. 공갈 밥의 양에 대해 바르게 말한 친구는 누구인가요? (　　　　)

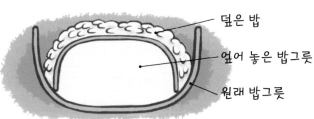

덮은 밥

엎어 놓은 밥그릇

원래 밥그릇

—

① 공갈 밥의 양은 원래 밥그릇에 들어갈 밥의 양과 같아.

② 공갈 밥의 양은 원래 밥그릇에 들어갈 밥의 양보다 많아.

③ 공갈 밥의 양은 원래 밥그릇에 들어갈 밥의 양에서 엎어 놓은 밥그릇의 부피를 빼야 해.

④ 공갈 밥의 양은 원래 밥그릇에 들어갈 양보다 적지만, 그 무게는 원래 밥그릇에 들어갈 밥의 무게와 같아.

2주 3일
학습 끝!

붙임 딱지 붙여요.

 3. 어머니의 공갈 밥에는 자식에 대한 깊은 사랑이 담겨 있습니다. 공갈 밥의 이름을 내용에 알맞게 다른 이름으로 바꾸고, 그렇게 지은 까닭을 써 보세요.

(1) 이름: ....

(2) 그렇게 지은 까닭: ....

....

....

—

어머니의 깊은 사랑이 담긴 공갈 밥처럼 민들레 국숫집의 밥은 참 따뜻합니다. 어려운 이웃들을 위해 아낌없이 내어놓은 착한 마음들이 모여 만들어지기 때문이죠.

그래서인지 민들레 국숫집에서 밥을 먹은 사람들은 희망을 되찾아 하나둘 다시 일어났어요. 용기를 내어 새롭게 일을 시작하려는 사람들이 점점 더 늘어났지요.

주방장 아저씨는 이런 사람들을 위해 민들레 국숫집 근처에 작은 방을 마련했어요. 이들이 그곳에서 생활하면서 새로운 일자리를 찾을 수 있도록 했지요. 그리고 이들을 '민들레 식구'라고 불렀어요. 밟히고 밟혀도 또다시 일어나는 민들레처럼 힘들던 지난 생활을 버리고 새롭게 살아가라는 뜻이었어요.

민들레 식구들이 점점 늘어나는 것, 민들레 식구들이 민들레씨처럼 세상으로 날아가 새로운 싹을 틔우고 꽃을 피우는 것이 바로 아저씨의 꿈이랍니다.

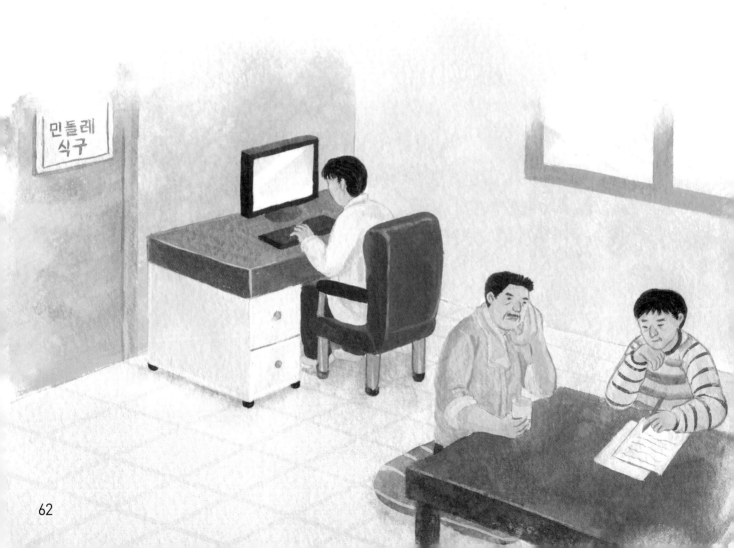

1. 주방장 아저씨는 왜 민들레 국숫집 근처의 작은 방에 사는 사람들을 '민들레 식구'라고 불렀나요? (   )

① 민들레 국숫집 단골손님들이어서

② 민들레 국숫집에서 온 사람들이어서

③ 민들레 국숫집 주방장을 따르는 사람들이어서

④ 민들레처럼 힘들던 과거를 딛고 일어나라는 뜻에서

 2. 민들레는 산과 들, 길가 등 어디에서나 잘 자라는 풀입니다. 풀과 나무의 다른 점을 생각하며 다음 빈칸을 채워 보세요.

구분	풀	나무
크기	(1)	대체로 큽니다.
성장	한두 해에 걸쳐서 비교적 작게 자랍니다.	(2)
이용	아름다운 꽃을 보거나 약, 음식으로 이용합니다.	열매를 얻거나 가구를 만드는 목재로 이용합니다.

3. 민들레 국숫집 아저씨의 꿈을 바탕으로 '민들레 국숫집'을 소개하는 짧은 시를 써 보세요.

민들레 국숫집이 생긴 지 5년이 되었을 때 주방장 아저씨는 또 다른 작은 꿈을 실천했어요. 따뜻한 집과 가족의 보살핌이 필요한 아이들을 위해 조그만 집을 마련해 공부방을 차린 것이지요.

아저씨는 범죄자나 노숙자들을 만나 많은 이야기를 나누면서 어린 시절이 매우 중요하다는 것을 자주 느꼈어요. 이들 중에는 어린 시절이 너무 불행해 자신의 인생을 소중하게 여기지 않는 사람들이 많았거든요. 부모 사이가 나빠 늘 불안하게 지냈거나, 부모에게 버림을 받았거나, 혹은 너무 가난해 사회에 대한 미움이 생긴 경우도 있었지요. 이런 사람들을 보면서, 아저씨는 어린 시절부터 따뜻한 보살핌을 받아야 자신의 인생을 소중하게 여긴다는 것을 깨달았어요.

그래서 아저씨는 아이들을 위해 공부방을 만들었어요. 그 공부방이 바로 '민들레 꿈'입니다.

민들레 꿈 옆에는 '어린이를 위한 민들레 밥집'도 만들었어요. 형편이 어려워 어린이집이나 유치원을 가지 못하는 아이들은 민들레 꿈에서 마음껏 공부한 뒤 배고플 때면 밥집에 가서 배도 채울 수 있답니다.

1. '민들레 꿈'은 무엇을 하는 곳인가요? (   )

① 아이들이 밥을 먹는 곳
② 아이들이 잠을 자는 곳
③ 아이들이 공부를 하는 곳
④ 아이들이 스스로 일하는 곳

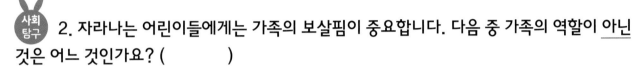 2. 자라나는 어린이들에게는 가족의 보살핌이 중요합니다. 다음 중 가족의 역할이 <u>아닌</u> 것은 어느 것인가요? (   )

① 편안한 휴식 공간을 제공한다.
② 자녀에게 올바른 교육을 시킨다.
③ 자녀를 통해 경제적 이익을 얻는다.
④ 자녀가 독립할 수 있을 때까지 보살펴 준다.

3. 다음은 민들레 국숫집 아저씨의 생각입니다. 이 글을 보고 다음 빈칸을 채워서 아저씨의 생각을 완성해 보세요.

어린 시절을 불행하게 지낸 사람들은,

_____

_____

그래서 기회가 되는 대로 형편이 어려운 아이들이 마음껏 공부할 수 있고 보호받을 수 있는 공부방을 만들어야겠어!

민들레 꿈이 자리 잡을 무렵, 아저씨는 또다시 노숙자들을 위해 '민들레 가게'를 열었습니다. 돈이 없는 노숙자들이 어떻게 물건값을 치르냐고요? 이곳의 화폐는 '고맙습니다', '감사합니다'라는 인사말이에요. 물건을 집은 뒤 '고맙습니다', '감사합니다'라는 말만 하면 필요한 물건을 얼마든지 가져갈 수 있지요.

그런데 이곳에서도 거짓말 같은 일이 일어났습니다. 돈을 받지 않고 물건을 파는데, 가게에서 파는 물건이 점점 많아졌어요. 이런 일이 어떻게 가능하냐고요? 민들레 국숫집처럼 민들레 가게 역시 팔 물건을 가져오는 사람들이 점점 많아졌거든요. 자신의 이름을 밝히지 않은 채, 많은 사람들이 소금이나 설탕, 기름 같은 생필품은 물론이고, 작아진 옷이나 신발, 사은품으로 받은 우산이나 그릇 등을 가져와 사랑을 나누고 싶어 했답니다.

민들레 국숫집에서 퍼뜨리기 시작한 나눔은 이렇듯 멀리멀리 퍼져 많은 사람들의 가슴에 꽃을 피웠답니다. 아저씨가 뿌린 사랑은 지금 이 순간에도 민들레씨가 되어 사람들의 가슴속에서 다시 활짝 피어나고 있을 거예요.

1. '민들레 가게'는 물건을 어떻게 파는 곳인가요? (   )

① 노숙자들에게 많은 물건을 싸게 팝니다.
② 노숙자들에게 좋은 물건을 싸게 팝니다.
③ 노숙자들에게 좋은 물건을 비싸게 팝니다.
④ 노숙자들에게 필요한 물건을 거저 줍니다.

 2. '민들레 가게'에서 화폐(돈)를 대신하는 것 두 가지를 고르세요. (   )

① '고맙습니다'라는 말
② '고맙습니다'라는 글
③ '미안합니다'라는 글
④ '감사합니다'라는 말

2주 4일
학습 끝!

붙임 딱지 붙여요.

 3. 민들레 국숫집 주방장 아저씨가 뿌린 사랑의 씨앗이 다른 사람들 가슴속에 퍼져서 어떤 결과를 낳았는지 자세히 써 보세요.

되돌아봐요

‘민들레 국숫집’을 잘 읽었나요? 다음은 각각 무엇을 하는 곳인지 찾아 줄로 연결해 보세요.

(1) **민들레 국숫집** ·

· ㉠ 형편이 어려워 굶는 아이들에게 무료로 식사를 제공해요.

(2) **민들레 식구** ·

· ㉡ 어린아이들이 마음껏 공부하는 공간이에요.

(3) **민들레 꿈** ·

· ㉢ 희망을 가지고 다시 일을 시작하려는 사람들을 위한 생활 공간이에요.

(4) **어린이를 위한 민들레 밥집** ·

· ㉣ 형편이 어려운 사람들에게 무료로 식사를 제공해요.

(5) **민들레 가게** ·

· ㉤ 노숙자들에게 무료로 물건을 주는 곳이에요.

민들레씨처럼
작은 사랑의 실천이
멀리 날아가
아름다운 꽃으로
피어나거라!

2 민들레 국숫집 아저씨는 가난한 이웃을 도우려고 할 때마다 오히려 다른 사람들에게 많은 도움을 받았어요. 다음 일을 할 때 어떤 도움을 받았는지 써 보세요.

한 일
민들레 국숫집을 열어 배고픈 사람들에게 식사를 무료로 제공합니다.

도움받은 일

(1)

한 일
민들레 가게를 열어 노숙자들에게 물건을 공짜로 줍니다.

도움받은 일

(2)

3 민들레 국숫집 아저씨처럼 소리 없이 봉사하는 사람들을 여러분 주변이나 인터넷 등에서 찾아보세요. 그 사람 중에서 한 명을 소개하고 느낀 점도 써 보세요.

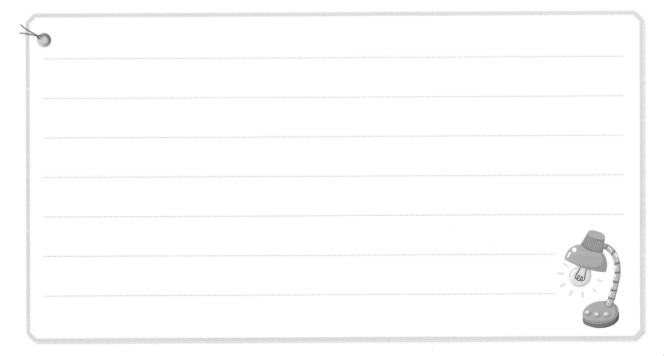

이웃의 일이 나의 일, 품앗이와 두레

먼 옛날 우리 조상들에게는 이웃들이 어려움을 겪지 않도록 도와주는 아름다운 전통이 있었어요. 그 대표적인 것이 '품앗이'와 '두레'이지요. 조상들의 지혜로운 전통을 함께 알아볼까요?

옛날에는 마을 사람들이 힘든 일을 함께했어요

옛날 우리 조상들은 벼농사를 지으며 생활했어요. 벼농사는 볍씨를 뿌려서 어린 모를 만들고 모내기를 한 뒤 수확하고 탈곡하는 등 많은 과정을 거쳐요. 그렇기 때문에 우리 조상들은 이웃끼리 적극적으로 힘을 합쳐 어려운 일들을 해결해 나갔답니다.

농사일만 그런 게 아니었어요. 담을 새로 쌓거나 김장을 할 때, 잔치를 할 때에도 이웃끼리 힘을 합쳐 지혜롭게 해결해 나갔어요.

▲ 김장 등 힘든 일을 할 때 서로 힘을 합치는 풍습은 오늘날까지도 그대로 이어지고 있어요.

힘든 일을 돌아가며 돕는 것이 '품앗이'예요

이웃끼리 서로 돌아가면서 일손을 주고받는 것을 '품앗이'라고 불러요. 힘든 일을 해 주고 대가를 받았냐고요? 아니에요. 고맙다는 말 한마디면 충분했어요. 더러는 여러 해 묵힌 묵은지를 내주거나 잘 말린 명태를 내주어 고마운 마음을 표현하기도 했지요.

이렇게 이웃을 도와주면 이웃은 내가 힘들고 어려울 때 도우러 왔답니다. 일손을 일손으로 갚아 준 셈이지요. 담 쌓기는 담 쌓기로, 김장 담그기는 김장 담그기로, 잔치 거들기는 잔치 거들기로 갚으면 충분했어요.

마을의 힘든 일을 함께하기 위해 만든 조직이 '두레'예요

품앗이와 비슷한 것으로 '두레'가 있어요. 두레는 마을 사람들이 마을의 힘든 일을 함께하기 위해 만든 조직이에요. 농사일을 함께하거나 무너진 다리를 다시 짓거나 홍수로 내려앉은 도로를 함께 만드는 일 등을 하지요.

여럿이 모여 하는 것이니 나 하나쯤은 빠져도 모르겠다고요? 아니에요. 우리 조상들은 이런 일에 결코 빠지는 법이 없었어요. 다 같이 잘 살아야 나도 잘 산다고 생각했거든요.

오늘날에도 이웃끼리 서로 도와요

▲ 오늘날 재능을 가진 부모들이 돌아가며 아이들을 가르치는 품앗이 교육

산업이 발달하면서 이제는 다양한 직업을 가진 사람들이 이웃하며 살게 되었어요. 그래서 한동네에 사는 사람들의 사정도 알기 어려워졌지요. 게다가 다리를 짓거나 길을 닦는 일 등은 모두 나라나 지방 자치 단체에서 해 주기 때문에 이웃 사람들이 힘을 모을 필요도 없어졌답니다.

대신 오늘날에는 다른 형태로 이웃끼리 힘을 모으고 있어요. 대표적인 것이 '품앗이 교육'이에요. 품앗이 교육은 각각 다른 재능을 가진 부모들이 서로 돌아가면서 아이들을 가르치는 것이에요. 국어를 잘하는 부모는 국어를, 수학을 잘하는 부모는 수학을, 미술을 잘하는 부모는 미술을 아이들에게 가르치지요. 그리고 보면 오늘날의 품앗이 교육도 옛날의 두레나 품앗이와 많이 닮았지요? 아무리 세월이 흘러도 하나보다는 둘이, 둘보다는 여럿이 힘을 합칠 때 더 큰 힘을 발휘할 수 있기 때문일 거예요.

✎ 친구들과 힘을 합쳐 해결할 수 있는 일을 써 보세요.

내가 할래요

봉사 쿠폰을 만들자!

여러분은 오늘 소중한 가족을 위해 어떤 일을 했나요? 보기 와 같이 가족을 위해 아무런 대가 없이 내가 할 수 있는 일을 '봉사 쿠폰'으로 만들어 보세요.

보기

심부름 봉사 쿠폰

본 쿠폰은 2회 사용이 가능합니다.

(유효 기간: 20○○년 12월 31일까지)

잠깐! 봉사 쿠폰을 만들기 전에 아래의 빈칸을 채워 보세요.

(1) 내가 잘할 수 있는 일

① _____

② _____

③ _____

(2) 내가 도와주고 싶은 사람

① _____

② _____

③ _____

2주 학습 끝!

확인할 내용	잘함	보통임	부족함
1. 이번 주 학습을 5일(월요일~금요일) 안에 끝마쳤나요?			
2. 민들레 국숫집에 대해 설명할 수 있나요?			
3. 민들레 국숫집 아저씨의 사랑이 어떤 변화를 가져왔는지 이해했나요?			
4. 내가 실천할 수 있는 봉사를 말할 수 있나요?			

쿠폰

(유효 기간:)

쿠폰

(유효 기간:)

2주 5일
학습 끝!

붙임 딱지 붙여요.

전하는 말

3주 지진과 화산

생각톡톡 사진 속 화산처럼 폭발하고 싶을 때는 언제인지 써 보세요.

관련교과 **[과학 4-2]** 화산이 분출하는 모양 알기 / 화산 분출물 알기 / 화산 활동이 우리에게 주는 영향 알기 / 지진의 발생 원인과 규모 알기

지진은 왜 일어날까?

※ **지층**: 알갱이의 크기·색·성분 따위가 서로 달라서 위아래의 퇴적암과 구분되는 퇴적암 덩어리.
※ **지각**: 지구의 껍질과 같은 바깥쪽 부분. ※ **판**: 지구의 겉 부분을 둘러싸는 두께 100km 안팎의 암석 판.

과학탐구 1. 습곡과 단층에 대한 설명으로 알맞은 것을 찾아 줄로 이으세요.

(1)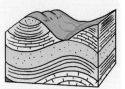

습곡

•

• ㉠ 지층이 지구 내부의 힘을 받아 휘어진 것

(2)

단층

•

• ㉡ 지층이 지구 내부의 힘을 받아 끊어진 것

언어 2. 다음 중 지진에 대해 바르게 말한 친구는 누구인가요? (   )

① 지층이 끊어질 때 땅이 흔들리는 현상이야.

② 지층이 휘어질 때 땅이 흔들리는 현상이야.

③ 지층이 휘어질 때 땅이 솟아오르는 현상이야.

④ 지층이 끊어질 때 땅이 솟아오르는 현상이야.

논술 3. 지진으로 인한 피해는 어떤 것이 있을까요? 다음 사진을 참고하여 두 가지 이상 써 보세요.

....

....

....

....

※ **핵**: 지구의 중심핵. 지구 표면에서부터 약 2,900km 이상 깊이에 있는 부분으로, 외핵과 내핵으로 나뉨.
※ **맨틀**: 지구 내부의 핵과 지각 사이에 있는 부분. 지구 부피의 83%, 질량의 68%를 차지함.

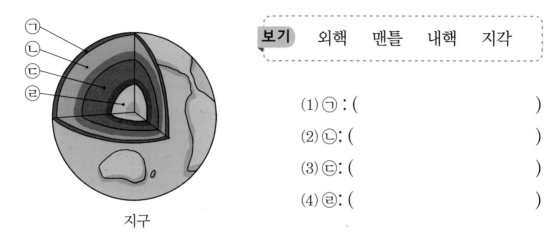

1. 다음은 지구의 내부 구조를 그림으로 나타낸 것입니다. ㉠~㉣에 들어갈 알맞은 낱말을 보기 에서 찾아 쓰세요.

지구

보기   외핵   맨틀   내핵   지각

(1) ㉠ : (   )

(2) ㉡ : (   )

(3) ㉢ : (   )

(4) ㉣ : (   )

2. 통통이 엄마는 핵과 맨틀, 지각을 무엇에 빗대어 설명하였나요? 알맞은 것을 찾아 선으로 연결하세요.

(1) 핵   •   • ㉠ 약하고 부드러운 잼

(2) 맨틀   •   • ㉡ 강하고 단단한 접시

(3) 지각   •   • ㉢ 여러 개의 과자

3. 어린 동생에게 '판 구조론'에 대해서 설명하려고 합니다. 보기 와 같이 쉽고 간략하게 설명해 보세요.

보기 판 구조론은, 지구가 여러 개의 과자와 같은 판으로 이루어져 있다는 주장이야.

....

....

어머, 어제 일어난 지진의 진앙이 우리 동네였구나. 어쩐지 지진이 크게 느껴지더라.

호홍, 우리 통통이에게 진앙부터 설명해야겠구나.

진앙이오? 그게 뭐예요?

음, 통통이가 수영장 물 안에서 방귀를 '뽕~' 하고 뀌면 어떻게 될까?

제 방귀는 강력해서 아마 물이 어마어마하게 흔들릴걸요.

후후, 그래. 방귀를 지진이라고 생각해 보렴. 에너지가 처음 나오는 지점, 즉 방귀를 뀐 지점을 '진원'이라고 하고, 진원 바로 위의 지표면을 '진앙'이라고 한단다.

지표
진앙
진원
지진파

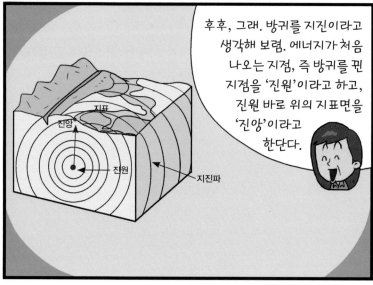

지진이 발생하면 진원을 중심으로 에너지가 여러 방향으로 전달되는데, 이것을 '지진파'라고 해. 지진계※로 잴 수 있지.

〈지진계에 기록된 지진파〉

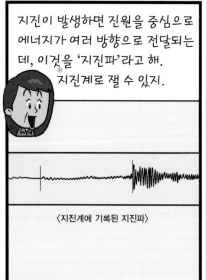

아, 그래서 지진이 발생한 뒤에는 종이 울린 것처럼 '윙' 소리가 나는구나.

그래, 통통이 방귀 냄새가 퍼지는 것처럼.

윽, 그런데 이게 무슨 냄새니? 너 혹시……

자꾸 방귀 방귀 하니까 그만……

※ **지진계**: 지진의 진동을 자동으로 기록하는 기계.

1. 다음은 지진이 발생하는 곳을 설명한 글입니다. ㉠과 ㉡에 알맞은 말을 써넣으세요.

> 지진은 지구 표면이 아닌 지각의 깊은 곳에서 일어나는데, 이때 에너지가 처음 방출된 지점을 [㉠] 이라고 하며, 진원의 바로 위 지표면을 [㉡] 이라고 합니다.

(1) ㉠: (   )   (2) ㉡: (   )

 2. 다음은 지진계와 지진계를 이용해 지진파를 잰 것이에요. 지진파에 대해 바르게 설명한 것은 어느 것인가요? (   )

▲ 지진계   ▲ 지진파

① 지진이 발생할 때 나는 격한 소리이다.
② 지진에 의해 발생하는 진동의 움직임이다.
③ 지진이 발생하기 한 달 전에 느껴지는 울림이다.
④ 지진이 발생한 뒤 한 달 후에 느껴지는 울림이다.

3주 1일
학습 끝!

붙임 딱지 붙여요.

 3. 신문이나 인터넷에서 최근에 발생한 지진 관련 기사를 찾아 보기 와 같이 정리해 보세요.

보기 이름	칠레 지진	(1)
발생 시기	2010년 2월 27일	(2)
장소	칠레	(3)
피해 정도	700명 이상 사망, 보험 손해액 9조 원	(4)

지진에는 어떤 종류가 있을까?

통통아, 도서관에는 웬일이야?

어, 지진에 대해 궁금한 게 생겨서.

음, 지진의 종류를 알려면 어떤 책을 봐야 하지?

지진의 종류? 헤헤, 그건 이 천재님이 알지.

자, 일단 지진을 어떻게 나누는지 알아볼까? 지진은 크게 진원의 깊이에 따라 나누기도 하고, 형태와 발생 원인에 따라 나누기도 해.

먼저 진원의 깊이에 따라서는, 70km 미만에서 일어나는 지진은 '천발 지진', 300km 이상에서 일어나는 지진은 '심발 지진', 그리고 70~300km에서 일어나는 지진은 '중발 지진'이라고 해.

○ 천발 지진
● 중발 지진
● 심발 지진

100km
200km
300km

그럼 가장 얕은 곳에서 일어나는 지진이 천발 지진, 그 아래가 중발 지진, 그리고 그 아래는 심발 지진이겠구나.

오, 생각보다 똑똑한걸!

단층 지진   화산 지진   함락 지진   인공 지진

또한 지진은 발생하는 원인에 따라 네 가지로 나눠. 단층 운동으로 지각이 깨지며 생기는 '단층 지진', *화산 활동에 의한 '화산 지진', 지층이 꺼져 내리면서 생기는 '함락 지진', 지하에서 화약 등을 폭발시킬 때 생기는 '인공 지진'이 있지.

우아, 지진도 종류가 많다. 하지만 이해하기 어렵진 않네.

그게 다 이 천재님이 네 눈높이에 맞게 가르쳤기 때문이야.

※ **화산 활동**: 땅속에 있는 가스, 마그마가 지각의 터진 틈을 통하여 지표로 뿜어져 나와서 일으키는 여러 가지 작용.

1. 다음 중 가장 깊은 곳에서 일어나는 지진은 무엇인가요? (   )

① 천발 지진   ② 중발 지진   ③ 심발 지진   ④ 인공 지진

 2. 각 지진의 종류에 대한 설명으로 알맞은 것을 찾아 줄로 이으세요.

(1) 단층 지진 •

(2) 화산 지진 •

(3) 함락 지진 •

(4) 인공 지진 •

• ㉠ 화산 활동에 의한 지진

• ㉡ 화약 폭발 등 인공적으로 발생시킨 지진

• ㉢ 지층이 꺼져 내리면서 생기는 지진

• ㉣ 단층 운동에 의해 지각이 깨지며 생기는 지진

 3. 진원의 깊이에 따라 지진의 종류가 어떻게 나누어지는지 써 보세요.

→ 지진의 종류는 진원의 깊이에 따라 크게 세 가지로 나누어진다.

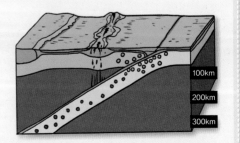

통통아, 이번 가족 여행은 제주도로 가자.

와!!

그런데 제주도는 어떤 곳이에요?

제주도는 우리나라에서 가장 큰 섬인데, 화산섬이라서 용암 동굴이 많아.

으악! 화산섬이라고요?

응. 섬 가운데에 화산 활동을 했던 한라산이 있지.

아, 그렇구나. 참, 오늘 도서관에서 지진의 종류를 알아봤는데, 그중에 화산 지진도 있었어요.

화산 지진은 깊은 땅속에 있던 마그마나 가스가 지각의 틈새를 뚫고 ※분출할 때 지각이 움직이기 때문에 생기는 거야.

분출

마그마 방

하지만 걱정하지 마. 한라산은 옛날에는 화산 활동을 했지만 지금은 하지 않거든.

참, 동굴에서는 함락 지진이 많이 발생한대요.

함락 지진은 땅속의 동굴과 같은 큰 구멍 위의 지형이 무너져 내리면서 일어나거든요.

그러면 제주도로 가지 말까?

앗, 아뇨 아뇨. 준비 완료! 제주도로 출발!

척

하여간 유별나요.

 ※ **마그마**: 땅속 깊은 곳에서 땅의 열에 의해 녹아 반액체가 된 물질. ※ **분출**: 액체나 기체 물질이 솟구쳐서 나옴.

사회 탐구

1. 다음과 관련이 있는 섬은 어디인가요? (   )

▲ 한때 화산 활동을 했던 한라산

▲ 용암 동굴의 하나인 만장굴

① 진도   ② 독도   ③ 제주도   ④ 여의도

 과학 탐구

2. 다음은 어떤 지진에 대한 설명인가요?

> 깊은 땅속에 있던 마그마나 가스가 지각의 틈새를 뚫고 분출할 때 지각이 움직이기 때문에 생기는 지진이다.

(   )

논술

3. 지진은 발생 원인에 따라 다음과 같이 네 가지로 나누어 볼 수 있습니다. 이 네 가지 지진을 자연적인 현상에 의한 것과 그렇지 않은 것으로 구분하여 한 문장으로 써 보세요.

단층 지진   화산 지진   함락 지진   인공 지진

지진의 규모는 어떻게 측정할까?

오늘은 지진에 대해 배워 볼까요?

서진

선생님!

어, 그래 통통아.

제가 얼마 전에 지진을 겪었는데요, 욕조 물과 창문이 달달달 흔들렸어요.

아, 통통이가 겪은 지진은 규모 2.0이었구나.

지진도 규모가 있어요?

그럼. 지진의 '규모'란 지진의 세기인데, 지진파의 기록을 토대로 아라비아 숫자로 나타내. 숫자가 클수록 강한 지진이야. 지역의 피해에 관계없이 일정하지. 반면 피해 정도에 따라 지진의 세기를 나타내는 것이 '진도'인데, 로마 숫자로 나타내.

같은 규모의 지진이라도 진도는 지역에 따라 다를 수 있어. 지진의 규모를 나타내는 단위인 '리히터'는

미국의 지질학자 리히터

리히터라는 사람이 만들었어. 리히터 규모는 0.0부터 9.0 이상까지 있어. 보통 리히터 규모가 1씩 올라갈 때마다 내뿜는 에너지는 32배 정도 커진단다.

0.0~1.9리히터 지진계에 의해서만 탐지 가능.	2.0~2.9리히터 창문이나 전등과 같은 매달린 물체가 흔들림.	3.0~3.9리히터 대형 트럭이 지나갈 때의 진동과 비슷함.
4.0~4.9리히터 집이 흔들리고 창문이 깨짐.	5.0~5.9리히터 사람이 서 있기 힘들고 가구들이 흔들림.	6.0~6.9리히터 약한 건축물들이 큰 피해를 입음.
7.0~7.9리히터 지표면에 균열이 생김.	8.0~8.9리히터 교량과 같은 대형 구조물들이 깨짐.	9.0 이상 리히터 철로가 휘어지고 땅이 끊어짐.

이 표는 각 규모별 피해 정도란다.

규모 2.0의 지진도 무서웠는데, 9.0 이상이면 얼마나 대단할까요? 으~.

상상만 해도 무섭지?

1. 다음은 무엇에 대한 설명인가요? (   )

> • 지진의 세기를 나타냅니다.
> • 숫자가 클수록 강한 지진을 뜻합니다.
> • 소수 첫째 자리까지 아라비아 숫자로 나타냅니다.
> • 지역의 피해 정도와 상관없이 지진파의 기록을 토대로 합니다.

① 진도   ② 리히터   ③ 지진의 피해   ④ 지진의 규모

 2. 다음은 사람들이 지진의 규모에 대하여 나눈 대화입니다. 어느 정도 규모의 지진인가요? (   )

그 영화 봤어? 지진이 일어나니까 땅에 금이 가더라.

대부분의 집이 무너졌잖아.

큰 건물 벽에 금이 가고 한쪽이 무너지는 것도 너무 무서웠어.

① 2.0~2.9리히터   ② 4.0~4.9리히터
③ 5.0~5.9리히터   ④ 7.0~7.9리히터

3주 2일 학습 끝!

붙임 딱지 붙여요.

3. 지진의 세기를 나타내는 '규모'와 '진도'의 차이점을 설명해 보세요.

일본은 왜 지진이 자주 일어날까?

통통아, 선물이야. 일본 여행 때 사 왔어.

고마워! 그런데 얼마 전에 일본에서 큰 지진이 났던데, 넌 괜찮았어?

다행히 우리가 일본을 떠난 뒤에 지진이 나서 괜찮았어. 그런데 일본에 왜 지진이 자주 일어나는지 아니?

그건 일본이 지각이 불안정한 환태평양 지진대에 있어서야.

환태평양 지진대?

지진이 많이 일어나는 지역을 '지진대'라고 하는데, 세계적으로 지진이 가장 많이 일어나는 지진대가 바로 '환태평양 지진대'야. 그래서 이곳을 '불의 고리'라고 해.

알프스 – 히말라야 지진대

불의 고리

환태평양

대서양

중앙 해령 지진대

환태평양 지진대

태평양

인도양

지진대

불의 고리?

뉴질랜드에서 인도네시아와 일본을 거쳐, 칠레 해안까지 이르는 지진대를 말해.

전 세계 화산의 75% 정도가 불의 고리에 있고, 지진의 약 80%가 이곳에서 발생하지.

펑!

헤헤, 난 불의 고리 출신이다!

잠잠

정말? 어허, 이거 큰일이네 큰일.

어, 나도 환태평양 지진대에 사는데.

큰일? 왜?

세계 여행이 내 꿈인데, 못 가는 곳이 너무 많잖아.

쑥 쑥

과학
탐구
1. 환태평양 지진대를 다른 말로 무엇이라고 하나요? (   )

① 불의 고리   ② 태평양판   ③ 필리핀판   ④ 유라시아판

과학
탐구
2. 다음 중에서 '불의 고리'에 해당하지 <u>않는</u> 두 나라를 찾아 ○표를 하세요.

논술
3. 다음 그림을 보고 일본에서 지진이 자주 일어나는 까닭이 무엇인지 써 보세요.

알프스산맥에서 히말라야산맥으로 이어지는 지역으로, 전 세계 지진의 약 15%가 발생함.

태평양 주변을 따라 나타나는 지진대로 뉴질랜드, 인도네시아, 일본 등이 연결되며 전 세계 지진의 약 80%가 발생함.

대서양과 인도양, 태평양의 중앙을 연결하는 지역으로, 바닷속 산맥인 해령을 따라 나타남.

지진이 일어나면 어떻게 해야 할까?

통통아, 뭐 하는 거야?

지진이 언제 일어날지 몰라서 미리 짐을 싸 두는 거예요.

뭐? 그런데 김통통, 이런 건 빼는 게 낫지 않겠니?

헤헤, 지루할까 봐요.

그리고 우리나라는 일본만큼 지진이 자주 일어나지 않는단다. 물론 안심할 수는 없지만.

일본 서쪽 바다에서 규모 7.0 이상의 지진이 발생하면 2시간 뒤쯤 동해안에 해일이 일어나거든.

쏴아아아

혹시 지진이 났다면 당황하지 말고 잘 대처해야 해. 실내에 있다면 라디오나 텔레비전을 보며 상황을 파악하고, 가스나 ※전열기를 잠가야 하며, 탁자 밑에 들어가 있는 게 좋단다.

집 밖에 있다면 가방 같은 물건으로 머리를 보호하고 가까운 대피소로 가야 해. 자동차나 엘리베이터 안이라면 바로 내려야 하고.

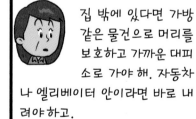

우르릉

아~!

우르릉

앗, 지진이다!

부웅

호홍, 트럭 지나가는 소린데?

휴, 십년 감수했네.

※ **전열기**: 전기난로, 전기다리미, 전기밥솥 등과 같이 전류를 통하여 발생하는 열을 이용하는 기구.

과학탐구 1. 다음 중 지진이 발생했을 때 대피하는 방법으로 알맞은 것에는 ○표를, 알맞지 <u>않은</u> 것에는 ✕표를 하세요.

(1)

엘리베이터를 빨리 탄다.
(   )

(2)
엘리베이터에서 빨리 내린다.
(   )

(3)

전열기나 가스레인지를 끈다.
(   )

(4)

라디오를 들으며 상황을 파악한다.
(   )

(5)

머리를 보호한 뒤 가까이에 있는 안전한 장소로 대피한다.
(   )

(6)

자동차를 타고 있을 때에는 오른쪽에 차를 세우고 대피한다.
(   )

 과학탐구 2. 다음 중 지진에 대비하여 할 일과 거리가 <u>먼</u> 것은 무엇인가요? (   )

① 서로 다친 곳은 없는지 살핀다.

② 무거운 물건은 떨어질 위험이 있으므로 낮은 곳에 둔다.

③ 지진에 견딜 수 있도록 건물을 안전하고 튼튼하게 짓는다.

④ 구급약, 비상식량, 식수, 담요, 수건, 손전등, 라디오 등을 준비해 둔다.

 논술 3. 지진이 발생했을 때 라디오나 텔레비전 방송을 듣는 이유는 무엇일지 써 보세요.

지진과 화산은 형제?

통통아! 아니 무슨 꿈을 꾸길래 이렇게 땀범벅이야.

악! 살려 줘!

헉, 엄마! 화…산, 어디 갔어요? 휴, 지진만 무서운 줄 알았더니 화산도 엄청 무섭네.

하하, 화산 꿈을 꿨구나? 맞아, 화산도 지진만큼 무섭지. 둘은 많이 닮았거든.

화산과 지진이 닮아요? 화산은 땅속 마그마가 나오는 것이고, 지진은 땅이 흔들리는 건데요?

맞아. 그런데 지진이 자주 일어나는 '지진대'와 화산이 자주 일어나는 '화산대'는 거의 같단다.

● 화산 ● 지진

화산대와 지진대가 거의 일치하는 건, 화산과 지진 모두 지각이 약한 부분과 힘이 집중되는 지역에서 발생하기 때문……

드르렁~ 푸우~

으이그 이 녀석, 그 사이 잠들었네.

음냐 음냐

과학 탐구 **1. 화산대와 지진대의 바른 뜻을 찾아 줄로 이으세요.**

(1) 화산대 •

• ㉠ 지진이 자주 일어나는 지역으로, 특정 지역에 집중되어 있다.

(2) 지진대 •

• ㉡ 화산이 자주 일어나는 지역으로, 특정 지역에 집중되어 있다.

 과학 탐구 **2. 화산대와 지진대가 일치하는 이유를 바르게 말한 친구에게 ○표를 하세요.**

(1) 화산과 지진 모두 지각이 튼튼한 부분과 힘이 흩어지는 지역에서 발생하기 때문이야.

( )

(2) 화산과 지진 모두 지각이 약한 부분과 힘이 집중되는 지역에서 발생하기 때문이야.

( )

3주 3일 학습 끝!

붙임 딱지 붙여요.

논술 **3. 화산대와 지진대는 거의 일치하지만 화산과 지진은 다른 점도 있습니다. 다음 사진을 참고하여 화산과 지진의 차이는 무엇인지 써 보세요.**

▲ 화산

지진 ▶

화산이 모두 활발히 활동하지는 않아요

짜잔! 여기가 화산 박물관이야.

우아!

화산 폭발 모습

여기 화산 모형도 있어.

뿌글 뿌글

어, 여기도 화산 모형이 있네. 엥? 그런데 왜 작동을 안 하지? 고장 났나?

잠잠

이건 오랫동안 화산 활동을 멈춘 화산의 모형이야. 화산이라고 해서 모두 활발히 활동하는 건 아니거든.

아~.

우리나라의 백두산도 오랫동안 화산 활동을 안 하고 있지.

그 정도는 나도 알아. 한라산도 그렇잖아.

맞아. 하지만 일부 화산들은 언제 터질지 모를 정도로 활발히 활동하고 있어.

정말?

미국의 세인트헬렌스산 같은 것이 대표적이지.

그런데 이거 세게 누르면 화산이 터지지 않을까?

어어, 그만해. 고장 나.

특특

펑

펑

으, 어떻게 해!

거 봐!

1. 다음은 화산 활동을 했던 산들입니다. 이 산들이 현재 화산 활동을 얼마나 활발히 하고 있는지에 맞게 오른쪽 화산 활동 그림과 연결해 보세요.

(1)

백두산

(2)

한라산

(3)

세인트헬렌스산

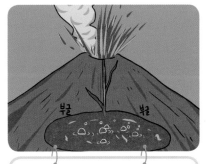

㉠ 화산 활동을
활발히 함.

㉡ 화산 활동을
오랫동안 멈춤.

2. 화산은 마그마가 땅속 깊은 곳에서 끓다가 땅의 갈라진 틈으로 세차게 쏟아져 나오는 것입니다. **보기** 와 같이 '화산'을 넣어 짧은 글을 써 보세요.

보기 나는 축구 선수가 되고 싶은 마음이 화산처럼 타올랐다.

화산은 왜 폭발할까?

으이그, 조심해야지. 너 때문에 박물관 구경도 제대로 못 했잖아.

헤헤, 미안.

화산 박물ᄀ

누가 오기 전에 도망가자!

그런데 천재야, 화산은 왜 분출하는 거야? 무시무시하게……

화산재

화산 암석 조각

화산 가스

용암

마그마 방

그건 땅속 깊은 곳에 '마그마'라는 뜨거운 물질이 있기 때문이야. 마그마가 끓어오르다가 지각에 있는 틈을 통하여 밖으로 '펑' 하고 솟구쳐 나오면 그게 바로 화산이거든. 펑, 펑, 펑!

으, 생각만 해도 무서워.

화산이 분출할 때에는 여러 가지 화산 분출물도 같이 나와.

덜 덜

그리고 기체인 화산 가스와 함께 고체인 화산 암석 조각, 화산재까지 날리게 돼.

뜨거운 마그마가 땅 위로 나온 걸 '용암'이라고 해. 용암은 붉은색 액체인데, 굳으면 현무암 같은 돌이 되지.

제주도의 돌하르방 만드는 그 돌?

맞아.

혹시 그것들도 우리 생활에 피해를 주는 거야?

당연하지. 그것들도 용암만큼이나 무서워.

과학 탐구 1. 화산이 폭발하면서 생기는 현상이 <u>아닌</u> 것은 어느 것인가요? (   )

① 화산 가스가 나온다.

② 화산재가 주변을 뒤덮는다.

③ 뜨거운 용암이 흘러내린다.

④ 플라스틱 조각들이 멀리까지 날린다.

 사회 탐구 2. 다음은 무엇에 대한 설명인지 이 글에서 찾아 쓰세요.

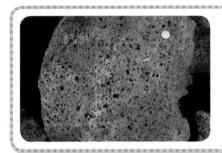

- 화산 활동으로 만들어진 돌이다.
- 제주도에서 흔히 볼 수 있는 돌이다.
- 색깔이 까맣고 구멍이 송송 뚫려 있다.

(   )

논술 3. 화산이 분출할 때 나오는 용암의 특징에 대해 아는 대로 써 보세요.

▲ 용암

화산은 우리에게 무엇을 줄까?

화산아 물러가라! 지구에서 사라져라!

화산을 몰아내자!

통통아, 뭐 하는 거야?

인명과 재산은 물론, 환경까지 피해를 입히는 화산이 지구에서 없어졌으면 해서요.

아이고, 우리 통통이가 지구를 구하려고 애쓰는구나. 그런데 통통아, 화산이 꼭 나쁜 것만은 아니야.

화산 활동이 일어나는 곳 주변에는 온천이 많단다.

어, 온천은 우리 몸에 좋다고 하던데……

그리고 화산 지역은 관광지가 되어 경제적 이익을 줘. 용암으로 관광 상품도 만들 수 있고.

아, 화산섬인 제주도처럼요?

화산   빗물   발전소   온수·난방   증기 발생   데워진 지하수

게다가 화산재 덕분에 주변 땅이 좋아지기도 하고, 땅속의 높은 열을 이용해 지열 발전도 할 수 있단다.

마지막으로 지하 깊은 곳에 있던 물질을 세상 밖으로 내보내어 지구를 연구하는 데 도움을 주기도 해.

화산은 두 얼굴의 사나이군요.

두 얼굴의 사나이라고? 호호, 맞아. 무서운 자연재해인 것은 사실이지만, 잘 활용하면 큰 도움이 되거든.

으드드드, 몸도 찌뿌둥한데 말 나온 김에 우리 온천이나 갈까요?

으이구, 몸이 뭐 어째!

쪼옥

※ **지열 발전**: 땅속에서 나오는 증기나 더운물을 이용해 전기를 일으킴.

1. 보기 에서 화산 활동의 피해로 알맞은 것을 모두 고르세요.

> **보기** ㉠ 지구 내부의 물질을 알 수 있다.
> ㉡ 지진이나 산불, 산사태가 일어나기도 한다.
> ㉢ 화산재가 햇빛을 가려 동식물에게 피해를 준다.
> ㉣ 바다에서 발생한 화산 활동은 해일을 일으키기도 한다.
> ㉤ 건물이 부서지고 농경지가 용암이나 화산재에 묻히기도 한다.

(   )

 2. 다음과 관계있는 화산 활동의 이로운 점을 찾아 줄로 이으세요.

(1) 용암 •

(2) 화산재 •

(3) 땅속의 높은 열 •

㉠ 비옥한 농토

㉡ 관광 상품

㉢ 지열 발전

3주 4일
학습 끝!

붙임 딱지 붙여요.

3. 화산 활동으로 인한 피해를 줄이는 방법에는 어떤 것이 있을지 보기 와 같이 여러분의 생각을 써 보세요.

> **보기** 화산 분출을 예측할 수 있는 기술을 발전시킨다.

1 다음은 지층이 지구 내부의 커다란 힘을 받아 휘어지거나 끊어진 모습입니다. 큰 지진을 일으키는 단층은 다음 중 어느 것인가요? (   )

①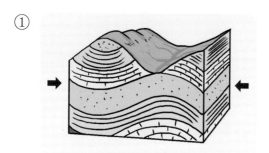

②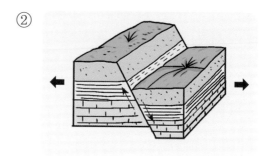

2 다음 중 지진의 '규모'를 설명한 내용으로 알맞지 <u>않은</u> 것은 무엇인가요? (   )

① 로마 숫자로 나타낸다.

② 아라비아 숫자로 나타낸다.

③ 숫자가 클수록 강한 지진을 뜻한다.

④ 지진이 발생한 곳의 피해에 상관없다.

3 다음 ㉠에 들어갈 지진대의 이름은 무엇인지 쓰세요. (   )

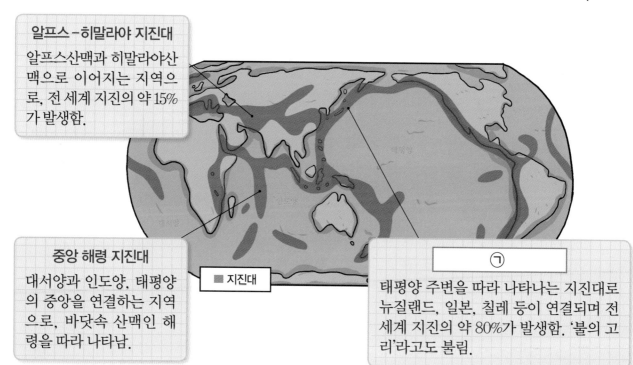

알프스-히말라야 지진대
알프스산맥과 히말라야산맥으로 이어지는 지역으로, 전 세계 지진의 약 15%가 발생함.

중앙 해령 지진대
대서양과 인도양, 태평양의 중앙을 연결하는 지역으로, 바닷속 산맥인 해령을 따라 나타남.

㉠
태평양 주변을 따라 나타나는 지진대로 뉴질랜드, 일본, 칠레 등이 연결되며 전 세계 지진의 약 80%가 발생함. '불의 고리'라고도 불림.

■ 지진대

4 화산이 분출할 때 나오는 다음 물질에 대해 알맞은 설명을 찾아 줄로 이으세요.

(1) 고체 •

① 화산 가스 •

⊙ 화산이 분출할 때 나오는 크고 작은 암석 부스러기를 말함.

(2) 액체 •

② 용암 •

ⓒ 화산이 분출할 때 나오는 수증기를 비롯한 기체들을 말함.

(3) 기체 •

③ 화산재, 화산 암석 조각 등 •

ⓒ 화산이 분출할 때 땅 위를 흐르는 붉은색의 물질을 말함.

◀ 인도네시아 케린치산에서 화산이 폭발하는 모습

5 보기 에서 화산 활동의 이로운 점으로 알맞지 <u>않은</u> 것을 두 가지 고르세요.

보기
⊙ 지진이나 산불이 일어난다.
ⓒ 지구 내부의 물질을 연구할 수 있다.
ⓒ 화산재가 주변 땅을 비옥하게 만든다.
ⓔ 용암으로 여러 가지 관광 상품을 만든다.
ⓜ 바다에서 발생한 화산 활동은 해일을 일으킨다.
ⓗ 온천을 만들어서 사람들에게 휴식처를 제공할 수 있다.
ⓢ 땅속의 높은 열을 이용하여 지열 발전을 일으킬 수 있다.
ⓞ 화산 활동으로 이루어진 특이한 지형을 관광지로 이용한다.

( )

궁금해요

우리나라는 지진 안전지대일까?

지진이 일어나면 엄청난 인명 피해와 재산 피해를 입게 돼요. 이렇게 무시무시한 지진으로부터 우리나라는 정말 안전할까요? 우리나라가 과연 지진 안전지대인지 함께 알아보아요.

우리나라 역사상 최고의 지진들

일제 강점기인 1936년 7월 4일, 경상남도 하동의 쌍계사에서 지진이 일어났어요. 산사태가 일어나 산마루에서 큰 바위가 굴러 내려오고, 사찰이 붕괴되었을 뿐 아니라, 5층 석탑의 머리 부분이 떨어져 나갔지요. 부상자는 4명으로, 산 주변에서 일어난 지진이라 다행히 규모에 비해 피해는 적은 편이었어요. 훗날 사람들이 이 지진이 발생한 상황을 그대로 연출해서 실험해 본 결과, 이 지진은 규모 5.1의 큰 지진이었다고 밝혀졌어요.

1978년 10월, 충청남도 홍성에서 일어난 '홍성 지진' 역시 규모 5.0의 지진이었어요. 홍성 홍주읍성의 성벽이 무너지고 김좌진 장군 기념비가 뒤틀어졌으며, 홍성 일대의 건물과 집이 무너지는 큰 피해를 입었지요. 건물뿐 아니라 운동장이 30센티미터 이상 갈라지고 땅이 주저앉기도 했어요. 홍성 지진은 우리나라가 지진으로부터 안전하다고 믿었던 국민들에게 커다란 충격을 주었답니다.

▲ 1978년 지진이 뒤흔든 홍성의 모습

이후 2016년 9월에는 경상북도 경주에서 규모 5.8의 큰 지진이 났어요. 이 지진은 우리나라가 지진 관측을 시작한 이래 가장 큰 규모의 지진이었지요. 경주 지진은 집이 심하게 흔들리고 무거운 가구들이 움직였으며, 차량이 망가지고 건물에 금이 가는 등 피해가 매우 컸어요. 경주 지진을 계기로 우리나라는 지진 발생 시 신속하게 대피하기 위해 대피소 정비 및 대피 훈련 강화 등 다양한 노력을 기울이게 되었답니다.

▲ 2016년 지진 피해를 입은 경주의 모습

한반도를 위협하는 거대한 지진 파도, 해일

해일은 폭풍이나 지진, 화산 폭발 등에 의해 바닷물이 비정상적으로 높아져 육지로 넘쳐 들어오는 현상이에요. 원인에 따라 폭풍 해일, 지진 해일로 나눌 수 있지요. 거대한 폭풍 때문에 발생하는 것은 '폭풍 해일', 지진이나 화산 폭발로 일어나는 것은 '지진 해일'이라고 해요. 특히 지진 해일을 '쓰나미'라고 부르지요.

▲ 지진 해일이 덮친 동남아시아의 한 마을

그렇다면 지진 해일은 어떻게 일어날까요? 지진에 의해 바다 밑바닥이 솟아오르거나 가라앉으면 그 부분의 바닷물이 갑자기 올라오거나 내려가요. 그 영향으로 지진 해일파가* 빠른 속도로 퍼져 나가 바다에 엄청난 피해를 일으키지요.

지진이 많이 발생하는 일본과 가깝고 3면이 바다로 둘러싸여 있는 우리나라는 지진 해일로부터 결코 안전하지 않아요. 그러나 지진 해일은 예보가 가능하므로 신속하게 대처한다면 피해를 많이 줄일 수 있답니다. 만약 일본의 북서쪽 바다에서 지진이 발생한다면 1~2시간가량 뒤에 대한민국 동해도 영향을 받게 돼요. 그러므로 지진 해일 예보가 발령되면 재빠르게 높은 지역으로 이동해야 해요. 높은 지역으로 이동할 시간이 부족하다면 무너질 위험이 적은 높은 건물의 옥상으로 대피하여 피해를 줄여야 합니다.

* **지진 해일파**: 바다 깊은 곳에서 일어난 지진에 의하여 바다 겉면을 따라 퍼지는 파장.

✏️ 지진으로 인한 피해를 줄이기 위해 앞으로 우리가 할 수 있는 노력에는 어떤 것들이 있는지 써 보세요.

내가 할래요

친구야, 힘내!

다음은 환태평양 지진대에 속하는 일본의 지진 피해 모습입니다. 사진을 보고, 지진으로 고통을 겪고 있는 친구들에게 위로의 글을 써 보세요.

▲ 1995년 고베시와 한신 지역에 발생한 규모 7.2의 한신·아와지 대지진 피해 모습

▲ 2004년 일본 주에쓰 지역에 발생한 규모 6.8의 지진으로 도로가 파괴된 모습

◀ 2011년 3월에 덮친 규모 9.0의 지진과 지진 해일로 폐허가 된 일본 동북부 지역 모습

확인할 내용	잘함	보통	부족
1. 이번 주 학습을 5일(월요일~금요일) 안에 끝마쳤나요?			
2. 지진과 화산이 왜 일어나는지 잘 이해했나요?			
3. 지진과 화산의 종류를 말할 수 있나요?			
4. 지진과 지진 해일이 발생했을 때 대피하는 방법을 알았나요?			

3주 5일
학습 끝!

붙임 딱지 붙여요.

전하는 말

4주

주장하는
글을 써 봐요

생각톡톡 사진 속에 있는 사람들은 많이 흥분해 있습니다. 이들에게 주장하고 싶은 것은 무엇인지 써 보세요.

관련교과 [국어 5-1] 글 쓰는 과정을 알고 자신의 생각 바르게 표현하기 / 글쓴이의 주장 파악하기
[국어 6-1] 주장하는 글에 담긴 내용이 타당한지 판단하기 / 주장에 따른 근거 들기

독서에 힘쓰자

'사람은 책을 만들고 책은 사람을 만든다.'는 말이 있습니다. 이 말은 사람이 책을 읽으면 성장한다는 뜻입니다. 왜 책이 사람을 성장시키는지 생각해 보고자 합니다.

우리는 책을 통해 수백 년 전에 살았던 지혜로운 사람들의 가르침을 배울 수 있습니다. 부모에게 효도하고, 나라를 사랑하며, 우정을 중요하게 생각했던 조상들의 가르침은 모두 책 속에 있습니다. 또한 어려움을 극복하며 열심히 살았던 성인들의 이야기에서 큰 위로와 교훈을 얻을 수 있습니다.

우리는 책을 통해 다양한 세계를 경험하면서 생각의 폭을 넓힐 수 있습니다. 책 속에는 세상 곳곳에 있는 다양한 문화와 다양한 생각, 다양한 역사를 가지고 있는 사람들의 이야기가 담겨 있습니다. 이러한 간접 경험을 통해 세상을 보는 눈이 넓어지고 여러 사람들과 더불어 살아가는 지혜를 깨닫게 됩니다.

매일 한 시간씩만 책을 읽으면 일 년에 무려 365시간이나 독서를 하게 됩니다. 우리는 정신적으로 성장할 수 있도록 책을 꾸준히 읽어야 합니다.

이해력 1. 이 글에는 글쓴이의 주장이 담겨 있습니다. '주장'이란 자신의 생각이나 의견입니다. 이 글에 드러난 글쓴이의 주장은 무엇인가요? ( )

① 우리는 책을 통해 다양한 경험을 할 수 있다.

② 우리는 책을 통해 성인들의 가르침을 접할 수 있다.

③ 책은 사람을 정신적으로 성장시켜 주기 때문에 꾸준히 읽어야 한다.

④ 매일 한 시간씩만 책을 읽어도 일 년이면 365시간이나 독서를 하게 된다.

분석력 2. 자신의 주장을 다른 사람들이 잘 받아들이게 하려면 주장을 뒷받침하는 까닭이 있어야 합니다. 이것을 '근거'라고 합니다. 이 글에서 글쓴이의 주장을 뒷받침하는 근거는 두 가지입니다. 빈칸에 또 다른 근거를 써 보세요.

근거1 우리는 책을 통해 수백 년 전에 살았던 지혜로운 사람들의 가르침을 배울 수 있다.

근거2

논술 3. 주장과 근거로 이루어진 글을 '주장하는 글'이라고 합니다. 이 글의 주장을 뒷받침할 수 있는 근거를 여러분이 생각하여 한 가지 이상 써 보세요.

밀렵을 하지 말자

　밀렵은 멸종 위기의 동물이나 희귀 동물을 불법으로 몰래 잡는 것을 말합니다. 사람들은 보호해야 할 동물을 몰래 잡아 비싼 가격에 팔기도 하고, 자신의 건강을 위해 먹기도 합니다. 이렇게 보호해야 할 동물을 마구 잡으면 안 되는 이유는 무엇일까요?

　우선 몸에 좋다는 이유로 보호해야 할 동물을 잡아먹는 것은 동물을 해치는 행동이기 때문입니다. 보호해야 할 동물들을 해치는 것은 나쁜 행동입니다.

　다음으로, 보호해야 할 동물을 마구 잡아서 일부 동물이 멸종하게 되면, 결국 인간이 피해를 입기 때문입니다. 모든 생물들은 사슬처럼 연결되어 먹고 먹히면서 살고 있습니다. 만약 개구리가 멸종한다면 이것을 잡아먹고 사는 뱀의 수가 줄어들 것이고, 뱀의 수가 줄어들면 이것을 잡아먹고 사는 독수리의 수도 줄어들 것입니다. 이런 문제가 계속 이어진다면 결국 사람들도 굶주려 죽게 될 것입니다.

　다양한 동물은 사람과 함께 살아가야 할 소중한 존재들입니다. 따라서 다양한 동물이 살아갈 수 있게 밀렵을 하지 말아야 합니다.

이해력 1. 이 글의 글쓴이가 주장하는 것과 그것을 뒷받침하는 근거를 써 보세요.

주장 (1)

근거1 보호해야 할 동물을 잡아먹는 것은 동물을 해치는 행동이다.

근거2 (2)

비판력 2. 글쓴이가 내세운 근거 중 '보호해야 할 동물을 잡아먹는 것은 동물을 해치는 행동'이라는 것은 근거로서 적절하지 않습니다. 그 이유를 바르게 설명하고 있는 친구는 누구인가요? (   )

① 이 근거는 쉽기 때문이야.

② 이 근거는 사실이 아니기 때문이야.

③ 이 근거는 믿을 만한 내용이 아니기 때문이야.

④ 이 근거는 주장을 뒷받침할 수 있는 내용이 아니기 때문이야.

논술 3. 다음 내용을 이용하여 이 글의 주장을 뒷받침할 수 있는 근거를 한 문장으로 만들어 보세요.

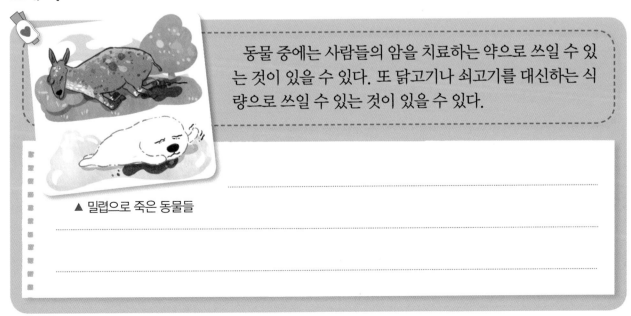

동물 중에는 사람들의 암을 치료하는 약으로 쓰일 수 있는 것이 있을 수 있다. 또 닭고기나 쇠고기를 대신하는 식량으로 쓰일 수 있는 것이 있을 수 있다.

▲ 밀렵으로 죽은 동물들

고운 말을 사용하자

 우리는 매일 많은 사람들과 말을 주고받으며 삽니다. 말 한마디에 울 수도 있고 웃을 수도 있을 만큼 말은 중요합니다. 그래서 우리는 다른 사람과 말을 할 때 고운 말을 써야 합니다. 그 이유가 무엇인지 좀 더 자세히 생각해 봅시다.

 첫째, 말은 사람의 됨됨이를 나타내기 때문입니다. 말은 사람의 생각을 표현한 것이고, 생각은 사람의 됨됨이를 나타냅니다. 따라서 고운 말을 사용하면 자신의 됨됨이를 높이는 것이고, 그렇지 않으면 자신의 됨됨이를 깎아내리는 것입니다.

 둘째, 고운 말은 듣는 사람의 기분을 좋게 하여 사람들과 좋은 관계를 유지하게 하기 때문입니다. '가는 말이 고와야 오는 말이 곱다.'는 속담처럼, 다른 사람에게 고운 말을 하면 그 사람도 나에게 고운 말을 하여 기분 좋게 생활할 수 있습니다. 그러나 고운 말을 사용하지 않으면 다른 사람의 기분을 상하게 하여 관계가 나빠질 수 있습니다.

 '세 살 적 버릇이 여든까지 간다.'는 속담이 있듯이, 어렸을 때부터 고운 말을 쓰는 버릇을 들여야 어른이 되어서도 고운 말을 쓸 수 있습니다. 따라서 어렸을 때부터 항상 고운 말을 쓰도록 노력해야 합니다.

이해력 1. 다음 그림에서 밑줄 친 말을 상대방이 듣기 좋은 말로 바꿔 쓰세요.

아이고, 좁아서 지나갈 수가 없네. <u>빨리 좀 비켜요.</u>

남의 집 앞에 주차를 하다니, <u>제정신이에요?</u>

(1) 빨리 좀 비켜요. → ....

(2) 제정신이에요? → ....

분석력 2. '가는 말이 고와야 오는 말이 곱다.'라는 말을 증명해 주는 상황은 어느 것인가요?

(   )

① 내가 친구를 칭찬했더니 친구가 좋아했다.

② 내가 친구를 때렸더니 친구가 울어 버렸다.

③ 내가 친구를 놀렸더니 친구가 그러지 말라고 말했다.

④ 내가 친구에게 "어머, 예쁘다."라고 말했더니, 친구가 "고마워. 너도."라고 말했다.

논술 3. 이 글의 밑줄 친 부분처럼 말의 중요함을 알려 주는 다음 속담을 근거로 이용하여 여러분의 주장을 써 보세요.

> • 말 한마디에 천 냥 빚도 갚는다: 말만 잘하면 어려운 일이나 불가능해 보이는 일도 해결할 수 있다는 말.

4주 1일 학습 끝!

붙임 딱지 붙여요.

스쿨 존에서 어린이 교통사고를 줄이자

'스쿨 존'이란 초등학교와 유치원 주변의 어린이 보호 구역을 말합니다. 그런데 어린이들의 교통사고를 예방하려고 만들어 놓은 이곳에서 요즘 어린이 교통사고가 많이 일어나고 있습니다. 스쿨 존에서 어린이들의 교통사고를 줄이려면 하루속히 다른 대책이 마련되어야 합니다.

무엇보다도 운전자가 스쿨 존에서 지켜야 할 규정을 어겼을 경우 처벌을 강화해야 합니다. 아래 통계 자료를 보면 알 수 있듯이, 어린이 교통사고는 점점 줄어들고 있지만, 스쿨 존에서의 어린이 교통사고는 좀처럼 줄지 않고 있습니다. 이것은 이 구역에서 규정을 제대로 지키지 않는 운전자가 많다는 것을 의미합니다. 이곳에서는 주차와 정차를 하면 안 되고, 30킬로미터 이하로 서행해야 하며, 신호를 엄격하게 지켜야 합니다. 운전자가 이러한 규정만 잘 지켜도 스쿨 존에서 어린이 교통사고는 거의 일어나지 않을 것입니다.

어린이들은 나라의 미래입니다. 어린이들의 생명을 지키기 위해 만들어 놓은 스쿨 존에서 더 이상 교통사고가 일어나지 않도록 다 함께 노력해야 합니다.

※ **서행**: 사람이나 차가 천천히 감.

전체 어린이 교통사고

(발생 건수)

(자료 출처: 도로 교통 공단)

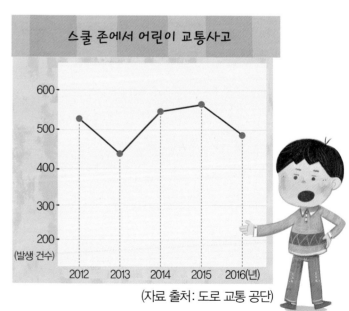

스쿨 존에서 어린이 교통사고

(발생 건수)

(자료 출처: 도로 교통 공단)

 1. 이 기사를 참고하여 스쿨 존에서 볼 수 있는 표지를 두 가지 고르세요. (   )

①

주정차 금지

②

횡단보도 표지

③

최대 속도 제한 30

④

최고 속도 제한 50

 2. 글쓴이는 '스쿨 존에서 지켜야 할 규정을 어겼을 경우 처벌을 강화해야 한다.'는 주장의 근거로 스쿨 존에서 어린이 교통사고가 발생한 통계 자료를 사용하였습니다. 그 밖에 이 주장의 근거로 사용할 수 있는 통계 자료로 적절하지 <u>않은</u> 것은 어느 것인가요? (   )

① 스쿨 존에서 불법 주정차로 인해 사고가 난 통계 자료
② 스쿨 존에서 사망한 어린이들의 수를 나타낸 통계 자료
③ 어린이들이 스쿨 존을 잘 알고 있는지에 대한 통계 자료
④ 스쿨 존에서 제한 속도를 위반하여 교통사고를 낸 통계 자료

 3. 다음 보기 는 글쓴이가 '스쿨 존에서 교통사고를 줄이는 방법'으로 제안한 것입니다. 여러분은 어떤 방법을 제안하고 싶은지 그 이유와 함께 써 보세요.

> 보기 스쿨 존에서 지켜야 할 규정을 어겼을 경우 처벌을 강화해야 한다. 주정차 금지와 서행 등 스쿨 존에서 지켜야 할 규정만 잘 지켜도 이곳에서 어린이 교통사고는 거의 일어나지 않을 것이기 때문이다.

우리의 전통문화를 지키자

　요즘 우리나라의 어린이들은 국악 공연보다 다른 나라의 뮤지컬 공연을 더 쉽게 접할 수 있고, 우리의 전통 놀이보다 외국에서 들어온 놀이에 더 큰 흥미를 느낍니다. 우리의 것은 소홀히 하면서 다른 나라의 문화만 좋아하면 우리의 전통문화는 어떻게 될까요? 왜 우리의 전통문화를 지켜야 하는지 생각해 봅시다.

　우리의 전통문화는 오늘날 우리를 있게 한 뿌리입니다. 전통문화는 한 민족이 오랫동안 이루어 놓은 물질적·정신적 결과물입니다. 여기에는 언어, 음식, 풍습, 학문, 예술 등 모든 것이 포함됩니다. 즉, 전통문화는 그 민족이 살아온 흔적이며 그 민족을 다른 민족과 구별하는 특징입니다. 따라서 전통문화가 사라지면 그 민족의 역사와 특징 또한 사라집니다.

　그 대표적인 예가 바로 만주족입니다. 한때 만주족은 청나라를 세우며 중국을 지배할 만큼 힘이 셌습니다. 그러나 자기 문화를 지키려고 노력하지 않았기 때문에, 청나라가 망하자 만주족의 전통문화 역시 거의 사라져 버렸습니다. 오늘날 만주족은 중국의 소수 민족으로 구분되어 언어까지도 사라질 위기에 처해 있습니다.

※ **소수 민족**: 여러 민족으로 구성된 국가에서 지배적인 힘을 가진 민족에 비하여 상대적으로 인구수가 적고 언어나 관습 등이 다른 민족.

이해력 1. 글쓴이가 우리의 전통문화를 지켜야 한다고 주장한 근거는 무엇인가요? (   )

① 우리의 전통문화를 지키는 것은 당연한 일이기 때문에

② 우리의 전통문화는 오늘날 우리를 있게 한 뿌리이기 때문에

③ 우리나라의 국악 공연보다 다른 나라의 뮤지컬 공연을 더 쉽게 접하기 때문에

④ 우리의 전통문화에는 언어, 음식, 풍습, 학문, 예술 등이 포함되어 있기 때문에

▲ 청나라 제6대 황제 건륭제

분석력 2. 글쓴이는 전통문화가 한 민족의 뿌리이기 때문에 전통문화가 사라지면 그 민족도 사라진다고 주장하였습니다. 이것을 뒷받침하기 위해 어떤 예를 들었나요? (   )

① 중국의 소수 민족들

② 언어가 사라진 민족들

③ 중국을 지배했던 민족들

④ 전통문화가 거의 사라진 만주족

논술 3. 알맞은 '예'를 들어 근거를 설명하면 읽는 사람을 잘 설득할 수 있습니다. 다음 빈칸에 들어갈 예를 보기 와 같이 들어 보세요.

보기 한 민족의 전통문화는 그 민족이 살아온 흔적이며 그 민족을 다른 민족과 구별하는 특징이다. 예를 들면, 우리 민족은 한글을 만들어서 다른 민족과 구별되는 독창적인 언어문화를 발달시켜 왔다.

한 민족의 전통문화는 그 민족이 살아온 흔적이며 그 민족을 다른 민족과 구별하는 특징이다. 예를 들면,

▲ 거중기를 이용하여 지은 수원 화성

우리의 전통문화에는 조상들의 지혜가 담겨 있습니다. 우리 조상들은 살면서 알게 된 여러 가지 지식을 바탕으로 음식과 물건을 만들고, 건물을 짓고 교육도 시켰습니다. 예를 들면, 김치를 만들어 겨울에도 오랫동안 저장해서 먹을 수 있게 하였고, 무거운 물건을 쉽게 나를 수 있는 거중기를 만들어 건물을 지었으며, 누구나 쉽게 배우고 쓸 수 있는 한글을 만들었습니다. 이 모든 것이 우리의 전통문화이며, 여기에는 조상들의 지혜와 정성이 담겨 있습니다. 그래서 전통문화는 오늘날 우리가 더 좋은 것을 만들 수 있는 밑바탕이 됩니다. 발효 식품인 김치의 원리를 이용하여 좋은 약을 만들 수 있고, 한글을 이용하여 독특한 옷이나 건물을 만들 수 있습니다.

이와 같이 전통문화는 우리의 뿌리이며 새로운 생각을 이끄는 원동력입니다. 그러므로 전통문화의 소중함을 깨닫고 우리의 전통문화를 지키기 위해 다 함께 노력해야 합니다.

1. 이 글에서 전통문화를 왜 지켜야 하는지 설명하는 근거 문단은 다음과 같이 짜여 있습니다. 빈칸에 알맞은 내용을 간추려서 써 보세요.

(1) 근거의 중심 문장 ────

(2) 근거를 뒷받침하는 내용 ───

① 우리 조상들의 지혜가 담긴 예:

② 전통문화가 오늘날 우리에게 중요한 이유: 전통문화는 오늘날 우리가 더 좋은 것을 만들 수 있는 밑바탕이 된다.

③ 전통문화를 발전시킨 예: 발효 식품인 김치의 원리를 이용한 좋은 약, 한글을 이용한 독특한 옷이나 건물 등

 2. 전통문화를 지켜야 하는 근거로 알맞지 <u>않은</u> 것은 어느 것인가요? (   )

① 우리의 전통문화는 우리 민족의 뿌리이기 때문이다.
② 우리의 전통문화는 무조건 발전시켜야 하기 때문이다.
③ 우리의 전통문화에는 조상들의 지혜가 담겨 있기 때문이다.
④ 세계 여러 나라와 교류하는 오늘날에는 우리의 전통문화가 좋은 문화 상품이 될 수 있기 때문이다.

3. 보기 처럼 다음 빈칸에 들어갈 수 있는 예를 한 가지 이상 써 보세요.

> **보기** 우리의 전통문화에는 조상들의 지혜가 담겨 있다. 예를 들면, 김치를 만들어 겨울에도 오랫동안 저장해서 먹을 수 있게 하였고, 무거운 물건을 쉽게 나를 수 있는 거중기를 만들어 건물을 지었으며, 누구나 쉽게 배우고 쓸 수 있는 한글을 만들었다.

우리의 전통문화에는 조상들의 지혜가 담겨 있다. 예를 들면,

4주 2일 학습 끝!

붙임 딱지 붙여요.

03 인터넷 게임을 자제하자

최근 어린이들 사이에서 인터넷 게임이 무서운 속도로 번지고 있습니다. 이에 따라 *자제를 잘 못하는 어린이들은 인터넷 게임에 쉽게 중독되어 사회적 문제가 되고 있습니다. 인터넷 게임에 중독되면 어떤 증상이 나타나는지 알아보고, 인터넷 게임을 자제해야 하는 이유도 생각해 봅시다.

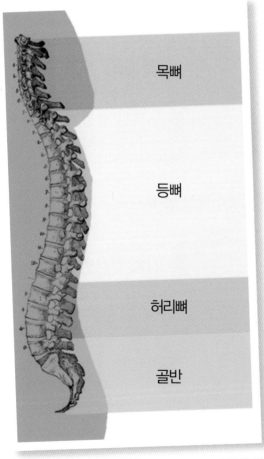

▲ 게임 중독은 목뼈와 등뼈, 허리뼈 등 우리 몸의 뼈들에 안 좋은 영향을 끼친다.

첫째, 인터넷 게임 중독의 가장 큰 문제는 건강을 해치는 것입니다. 최근 일부 병원에는 인터넷 게임에 빠져 오랫동안 한 자세로 앉아 있어서 목이 한쪽으로 비틀어지거나 척추가 휜 환자들이 찾아오고 있습니다. ○○ 병원 의사에 따르면 이러한 증상은 오랫동안 좋지 않은 자세로 앉아 있어서 나타나는 것이라고 합니다.

또한 간혹 게임을 하다가 갑자기 죽는 경우도 생길 수 있습니다. △△ 병원 의사는 "오랜 시간 앉아서 게임만 할 경우, 무릎 아래쪽에 피가 잘 흐르지 않아 피가 고이고 굳을 수 있어요. 이 굳은 피가 우리 몸속을 돌아다니다가 폐나 뇌로 들어가면 피의 흐름을 막아 갑자기 죽을 수도 있어요."라고 지적했습니다.

* **자제**: 자신의 감정이나 욕망을 스스로 누름.

🐰 이해력 1. 글쓴이는 인터넷 게임을 자제해야 한다고 주장하고 있습니다. 그 근거를 뒷받침하는 내용을 찾아 빈칸에 간추려 써 보세요.

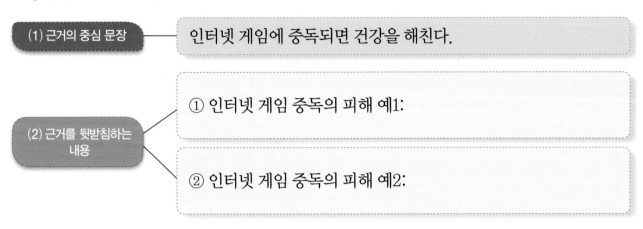

(1) 근거의 중심 문장 ── 인터넷 게임에 중독되면 건강을 해친다.

(2) 근거를 뒷받침하는 내용

① 인터넷 게임 중독의 피해 예1:

② 인터넷 게임 중독의 피해 예2:

🐰 분석력 2. 전문가의 의견으로 근거를 뒷받침하면 어떤 점이 좋은지 잘 설명한 친구를 두 명 고르세요. (   )

① 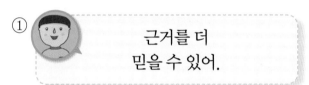 근거를 더 믿을 수 있어.

② 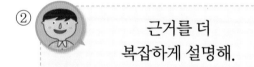 근거를 더 복잡하게 설명해.

③ 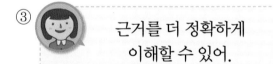 근거를 더 정확하게 이해할 수 있어.

④ 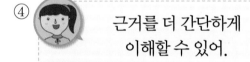 근거를 더 간단하게 이해할 수 있어.

🐰 논술 3. 인터넷 게임을 자제해야 하는 근거로 다음 내용을 제시하려고 합니다. 이 내용을 뒷받침할 수 있는 예를 빈칸에 써 보세요.

인터넷 게임에 빠진 어린이들은 친구 관계를 잘 유지할 수 없다. 친구와 어울리는 것보다 인터넷 게임이 훨씬 재미있기 때문에 친구들과 멀어지게 된다. 예를 들어,

둘째, 인터넷 게임에 빠진 어린이들은 학교생활에 집중할 수 없습니다. 밤늦게까지 게임을 하기 때문에 잠이 부족하여 수업 시간에 졸거나 멍한 상태로 앉아 있곤 합니다. 이런 일이 반복되면 선생님께 꾸중을 듣게 되고 성적도 떨어져서 학교생활에 흥미를 잃게 됩니다.

셋째, 인터넷 게임에 빠진 어린이들은 가정생활에도 문제가 생깁니다. 인터넷 게임을 못 하게 하는 부모와 심한 갈등을 겪기 때문에 가족끼리 다정한 대화를 나누며 함께 보내는 시간이 사라지게 됩니다.

어린이는 앞으로 우리나라를 이끌어 갈 사람들입니다. 어린이들이 건강하게 성장하려면 무엇보다도 어린이들이 스스로 인터넷 게임 중독의 위험성을 알고 인터넷 게임을 자제하려고 노력해야 합니다. 또한 어른들도 좋지 않은 인터넷 게임을 폐기하여 어린이들이 접하지 못하도록 노력해야 합니다.

※ **폐기**: 안 좋거나 못 쓰게 된 것을 버림.

이해력 1. 인터넷 게임을 자제해야 하는 근거로 적당하지 <u>않은</u> 것은 어느 것인가요? (   )

① 인터넷 게임에 빠져서 건강을 해칠 수 있다.
② 인터넷 게임에 빠져서 친구들과 즐겁게 놀 수 있다.
③ 인터넷 게임에 빠져서 학교생활에 집중할 수 없다.
④ 인터넷 게임에 빠져서 가정생활에 문제가 생길 수 있다.

분석력 2. 둘째, 셋째 근거를 뒷받침할 수 있는 사례로 적당하지 <u>않은</u> 것을 말한 친구는 누구인가요? (   )

① 인터넷 게임에 빠지지 않는 방법을 구체적으로 제시하면 좋을 것 같아.

② 인터넷 게임에 빠진 자녀를 둔 부모의 인터뷰를 제시하면 좋을 것 같아.

③ 인터넷 게임에 빠진 학생들과 상담한 전문가의 의견을 인용하면 좋을 것 같아.

④ 인터넷 게임에 빠져서 학교에 잘 적응하지 못한 학생들의 예를 들면 좋을 것 같아.

논술 3. 인터넷 게임에 중독되지 않으려면 어린이들은 어떤 노력을 기울여야 할지 한 가지 이상 써 보세요.

• 하루에 컴퓨터를 사용하는 시간을 정해 두고 그 시간을 꼭 지킨다.

•
•
•

어머니, 게임기를 사 주세요

저는 어머니께서 저에게 게임기를 꼭 사 주셔야 한다고 생각해요. 어머니는 예전에 사 준 것을 망가뜨렸기 때문에 사 줄 수 없다고 하셨어요. 그러나 예전에 샀던 게임기는 값싼 제품이라서 금방 망가진 거예요. 게다가 제가 게임기를 처음 사용해서 조작이 서툴다 보니 더욱 쉽게 망가진 것이고요. 그런 상황이라면 아마 누구라도 게임기를 금방 망가뜨렸을 거예요.

또 어머니는 저에게 공부는 하지 않고 게임만 하기 때문에 사 줄 수 없다고 하셨어요. 하지만 공부를 하지 않고 게임을 한 벌로 저는 이미 한 달 동안 게임을 하지 않았잖아요.

그래서 이제는 어머니가 게임기를 사 주실 때가 되었다고 생각해요. 게임을 하느라 공부를 하지 않을 것이라는 걱정은 하지 않으셔도 돼요. 공부에 전혀 지장을 주지 않도록 텔레비전 보는 시간이나 놀이 시간 같은 자투리 시간을 줄여서 게임을 할 계획이거든요.

이런 이유로 저는 어머니가 저에게 게임기를 꼭 사 주셔야 한다고 생각해요.

1. 상대편의 주장에 대해 근거를 들어서 반대하는 것을 '반박'이라고 합니다. 반박하는 방법을 바르게 말하지 <u>못한</u> 친구는 누구인가요? (   )

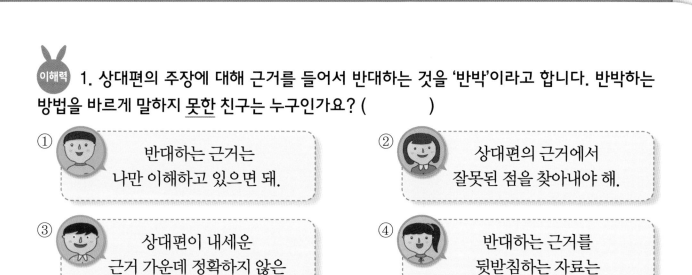

① 반대하는 근거는 나만 이해하고 있으면 돼.

② 상대편의 근거에서 잘못된 점을 찾아내야 해.

③ 상대편이 내세운 근거 가운데 정확하지 않은 것을 지적해야 해.

④ 반대하는 근거를 뒷받침하는 자료는 최대한 정확해야 해.

 2. 이 글에서 아들은 어머니의 다음 주장에 대해 어떤 근거를 들어 반박했는지 써 보세요.

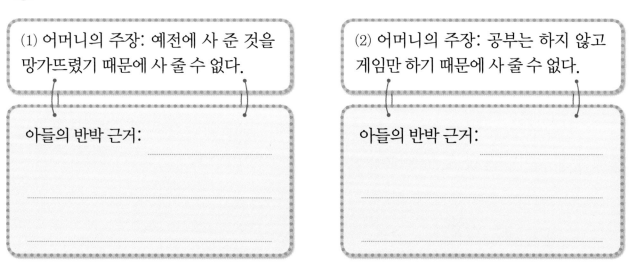

(1) 어머니의 주장: 예전에 사 준 것을 망가뜨렸기 때문에 사 줄 수 없다.

아들의 반박 근거:

(2) 어머니의 주장: 공부는 하지 않고 게임만 하기 때문에 사 줄 수 없다.

아들의 반박 근거:

 **3.** 아래에 제시된 어머니의 주장을 아들이 내세우지 않은 새로운 근거로 반박해 보세요.

공부는 하지 않고 게임만 하기 때문에 사 줄 수 없다.

4주 3일
학습 끝!

붙임 딱지 붙여요.

125

소중한 물을 아껴 쓰자

사람을 비롯하여 지구에 살고 있는 거의 모든 생물들은 물이 없으면 살 수 없습니다. 그런데 우리는 이렇게 소중한 물을 별다른 걱정 없이 마구 쓰고 있습니다. 물을 아껴 써야 하는 이유는 무엇일까요?

지구상에서 사람이 마시거나 사용하는 물은 대부분 강이나 호수, 땅속에 있는 물입니다. 그런데 이 물은 지구상에 매우 조금만 있습니다. 우리는 이 적은 양의 물을 세계 여러 나라 사람들과 나누어 사용해야 하기 때문에 아껴 써야 합니다.

물을 아껴 써야 하는 또 다른 이유는 물을 깨끗하게 만드는 데 많은 비용이 들기 때문입니다. 우리들이 마시는 수돗물은 주로 강에서 물을 끌어와 여러 과정을 거쳐 냄새와 세균 등을 제거하여 깨끗하게 만든 것입니다. 이를 위해서는 여러 시설을 설치하고 운영해야 하기 때문에 큰돈이 필요합니다. 따라서 우리는 이러한 비용을 절약할 수 있도록 물을 아껴 써야 합니다.

한 사람이 물을 조금씩만 아껴도 우리나라 전체로 보면 매우 많은 양의 물을 절약할 수 있습니다. 이렇게 절약된 물은 우리나라 사람들뿐만 아니라 세계 많은 사람들과 동물들이 사용할 수 있는 훌륭한 자원이 될 것입니다.

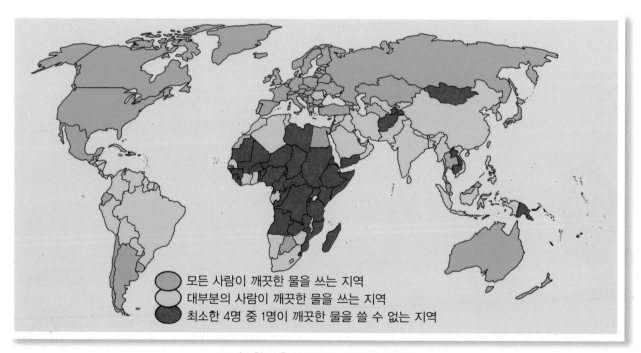

모든 사람이 깨끗한 물을 쓰는 지역
대부분의 사람이 깨끗한 물을 쓰는 지역
최소한 4명 중 1명이 깨끗한 물을 쓸 수 없는 지역

▲ 깨끗한 물을 쓸 수 있는 인구의 분포도

분석력 1. 주장하는 글은 '서론(처음), 본론(가운데), 결론(끝)'으로 짜여 있습니다. 이 글의 짜임을 생각하며 빈칸에 들어갈 중심 내용을 간추려서 쓰세요.

| 서론: 문제 상황이나 앞으로 쓸 내용을 밝힘. | 1문단: 물을 아껴 써야 하는 이유에 대해서 생각해 보려고 한다. |

| 본론: 주장의 근거를 제시함. | (1) 2문단: |
| | (2) 3문단: |

| 결론: 주장을 다시 한번 강조함. | 4문단: 물을 아껴 써야 한다. |

논술 2. 물을 아낄 수 있는 방법이 그림으로 제시되어 있습니다. 아래의 두 가지 방법을 보기 와 같이 글로 표현해 보세요.

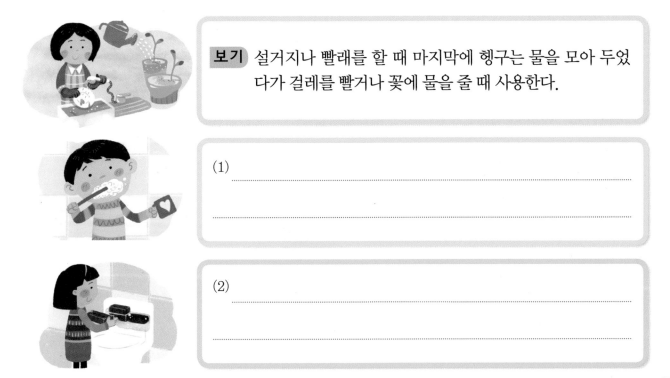

보기 설거지나 빨래를 할 때 마지막에 헹구는 물을 모아 두었다가 걸레를 빨거나 꽃에 물을 줄 때 사용한다.

(1)

(2)

04 자연을 사랑하자

도시가 발전하고 자동차와 공장들이 늘어나면서 환경 오염이 심각해지고 있습니다. 환경 오염을 줄이려면 먼저 사람과 자연의 관계가 얼마나 밀접한지 알아야 합니다.

지금까지 사람들은 자연을 지배하고 이용하는 대상으로 생각하였습니다. 그래서 산과 숲을 파괴하고, 자원을 마구 쓰면서 인간을 위한 산업을 발전시켰습니다. 그 결과, 인간은 매우 편리한 생활을 하게 되었지만 자연은 오염되어 제 모습을 잃어 버렸습니다. 훼손된 자연은 마침내 사람에게도 영향을 끼쳐서 나쁜 공기와 더러운 물 등으로 인간의 건강을 해치고 있으며, 지구 온난화와 기후 변화 등 각종 재해를 불러오고 있습니다. 이것은 사람도 자연의 일부라는 것을 깨닫지 못하고 자연을 마구 파괴한 결과입니다. 지금이라도 우리는 자연이 파괴되면 사람도 살 수 없다는 것을 깨달아야 합니다.

자연을 아끼고 사랑하면 자연은 우리에게 깨끗한 공기, 쾌적한 환경을 선물할 것입니다. '사람은 자연 보호, 자연은 사람 보호'라는 말처럼, 우리는 사람과 자연이 떼려야 뗄 수 없는 관계임을 잊지 말고 자연을 더욱 사랑해야 합니다.

※ **밀접**: 아주 가깝게 맞닿아 있는 관계.

분석력 1. 다음은 이 글의 본론에서 근거를 뒷받침할 수 있는 두 개의 통계 자료입니다. 각 자료와 관련된 내용을 모두 생각하여 줄로 이어 보세요.

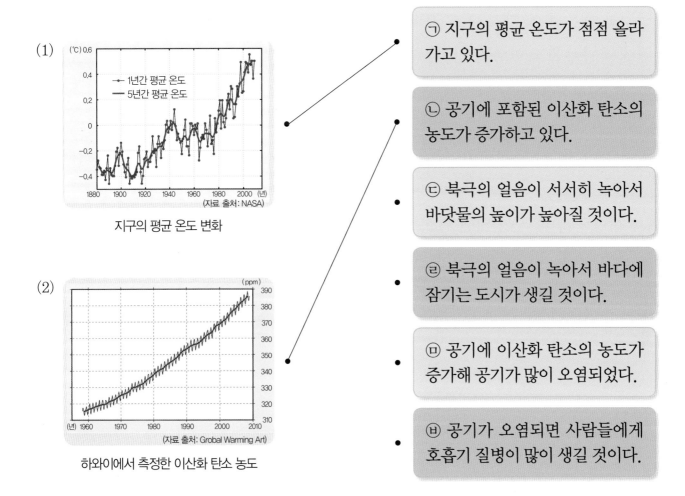

(1)

지구의 평균 온도 변화

(2)

하와이에서 측정한 이산화 탄소 농도

㉠ 지구의 평균 온도가 점점 올라가고 있다.

㉡ 공기에 포함된 이산화 탄소의 농도가 증가하고 있다.

㉢ 북극의 얼음이 서서히 녹아서 바닷물의 높이가 높아질 것이다.

㉣ 북극의 얼음이 녹아서 바다에 잠기는 도시가 생길 것이다.

㉤ 공기에 이산화 탄소의 농도가 증가해 공기가 많이 오염되었다.

㉥ 공기가 오염되면 사람들에게 호흡기 질병이 많이 생길 것이다.

논술 2. 다음에 이어질 내용을 위의 통계 자료 중 하나를 바탕으로 써 보세요.

훼손된 자연은 마침내 사람에게도 영향을 끼쳐서 나쁜 공기와 더러운 물 등으로 인간의 건강을 해치고 있으며, 지구 온난화와 기후 변화 등 각종 재해를 불러오고 있다.

친한 친구와 짝이 되어야 해요

　교실에서 자신과 함께 공부할 친구들이 누구인지는 매우 중요합니다. 친구들의 성격과 행동 등에 따라서 교실의 분위기가 달라지기 때문입니다. 특히 자신과 바로 옆에서 공부할 짝이 누구인지는 더욱 중요합니다. 그렇다면 짝은 어떻게 정하는 것이 좋을까요?

　자신의 친한 친구와 짝이 되어야 합니다. 학교는 학생들이 많은 시간을 보내는 곳입니다. 특히 가장 가까이에서 자신과 많은 시간을 보내는 사람이 바로 짝입니다. 따라서 짝이 누가 되느냐에 따라 학교생활이 즐거울 수도 있고 괴로울 수도 있습니다. 친한 친구와 짝이 되면 학교생활을 즐겁게 할 수 있습니다. 협력하여 모둠 활동도 잘할 수 있고 도움을 편하게 주고받을 수도 있기 때문입니다.

　이렇게 친한 친구와 짝이 되면 즐겁고 알차게 학교생활을 할 수 있습니다. 따라서 반드시 자신과 친한 친구와 짝이 되어야 한다고 생각합니다.

이해력 1. 이 글의 주장과 근거를 정리해 보세요.

(1) 주장

(2) 근거

비판력 2. 이 글의 주장에 반대하는 글을 쓰려고 합니다. 그 근거로 알맞은 것을 두 가지 고르세요. (   )

① 친한 친구와 짝이 되면 공부를 열심히 할 수 있다.
② 친한 친구와 짝이 되면 학교생활을 편하게 할 수 있다.
③ 친한 친구와 짝이 되면 수업 시간에 떠드는 일이 잦아진다.
④ 친한 친구와 짝이 되면 여러 친구와 사귀면서 사회성을 기를 수 없다.

논술 3. 다음은 이 글의 주장에 반대하는 글의 본론 부분입니다. 본론과 잘 연결되게 결론을 써 보세요.

본론 학교는 여러 친구와 사귀면서 사회성을 기르는 곳입니다. 우리는 학교에서 여러 친구들과 어울리면서 다양한 환경과 성격을 지닌 사람을 접하게 되고, 이를 통해 다른 사람과 잘 지내려면 어떻게 해야 하는지 깨닫습니다. 그런데 자신의 친한 친구와 짝이 되면 여러 친구들과 사귈 기회를 잃게 되어 사회성을 기를 수 없습니다. 또 친한 친구와 짝이 되면 수업 시간에 떠드는 일이 잦아져서 수업에 집중할 수 없습니다.

결론

4주 4일
학습 끝!

붙임 딱지 붙여요.

131

되돌아봐요

| '주장하는 글을 써 봐요'를 잘 읽었나요? 다음 기사를 읽은 뒤 이 글을 주장하는 글로 바꾸려면 주장과 근거를 어떻게 구성해야 할지 써 보세요.

○○일보 20○○년 ○월 ○일 ○요일

물놀이, 과연 안전한가!

본격적인 폭염이 시작되면서 야외 수영장과 테마파크 등 물놀이 공간을 찾는 사람들이 많아지고 있다. 하지만 즐거워야 할 물놀이가 안전 부주의나 사전 준비 부족 등으로 사고로 이어지는 경우가 종종 발생하고 있다.

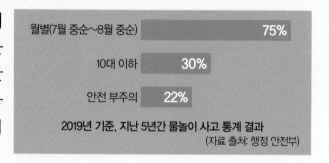

월별(7월 중순~8월 중순) 75%

10대 이하 30%

안전 부주의 22%

2019년 기준, 지난 5년간 물놀이 사고 통계 결과
(자료 출처: 행정 안전부)

지난해 강원도의 한 테마파크를 찾은 김 모 씨 부부는 아이가 물에 빠졌는데 제대로 대처하지 못해 큰 사고를 당했다. 김 모 씨 부부의 경우, 테마파크에 안전 요원과 응급 처치 시설이 있는 것조차 알지 못한 채 물놀이를 즐기다가 큰 사고를 당했다.

또한 지난해 동해로 물놀이를 떠났던 박 모 씨는 아내가 물속에서 쥐가 났는데, 그것을 가볍게 여긴 채 그대로 놔두어 큰 사고를 당할 뻔했다.

즐거워야 할 물놀이가 불행한 사고로 이어지지 않도록, 물놀이를 가기 전에 반드시 안전 수칙과 응급 처치 방법 등을 배워야 할 것이다.

(1) 주장

물놀이를 하기 전에 안전 준비를 철저하게 해야 한다.

(2) 근거

(3) 근거
뒷받침 자료

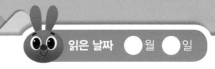

2 다음 자료들을 참고하여 주장하는 글을 쓰려고 합니다. 서론과 본론에 맞게 결론에 들어갈 중심 내용을 써 보세요.

(1) **물놀이를 떠나기 전 파악해야 할 사항**
① 날씨 확인하기, 물놀이 장비 점검하기
② 안전 장비, 구급약 챙기기
③ 의료 시설의 위치 확인하기
④ 간단한 구조법, 응급 처치 방법 배우기

(2) **물놀이 현장에서 파악해야 할 사항**
① 물의 깊이와 빠르기
② 구조 요원, 의무실 위치
③ 튜브 등 안전 장비 확인
④ 물에 빠졌을 때 던져 줄 도구 찾아 두기

| 서론: 문제 상황이나 앞으로 쓸 내용을 밝힘. | 물놀이를 하다가 안전 부주의로 사고를 당하는 경우가 많다. 하지만 안전 부주의로 인한 사고는 물놀이를 하기 전에 조금만 신경 써서 준비하면 얼마든지 예방할 수 있다. 물놀이를 하기 전에 안전 준비를 철저히 해야 하는 이유를 자세히 알아보려고 한다. |

| 본론: 주장의 근거를 제시함. | (1) 물놀이 사고 가운데에는 물놀이 장비가 안전하지 못해 발생하는 사고가 적지 않기 때문이다.
(2) 물놀이 사고 가운데에는 간단한 구조법과 응급 처치 방법을 몰라서 생명까지 잃는 경우가 있기 때문이다. |

| 결론: 주장을 다시 한번 강조함. | |

궁금해요

주장하는 글에 대해 알아보아요

우리는 생활 속에서 주장하는 글을 자주 만납니다. 선거철에 후보가 연설하는 것이나 학급 토의 때 친구들이 발표하는 의견들 모두 주장하는 글을 말로 나타낸 것입니다. 이처럼 우리 생활과 관련이 깊은 주장하는 글에 대해 알아볼까요?

주장하는 글이란 무엇인가요?

적절한 근거를 바탕으로 자신의 주장이나 의견을 내세워서 읽는 이를 설득시키기 위한 글입니다.

적절한 근거란 무엇인가요?

1. 주장을 잘 뒷받침하는 내용이어야 합니다.
2. 근거를 설명하는 자료가 믿을 만해야 합니다.
3. 근거를 설명하는 자료가 사실이어야 합니다.
4. 근거를 설명하는 자료가 명확하고 정확해야 합니다.

믿을 만한가?
사실인가?
명확하고 정확한가?

주장하는 글은 어떻게 구성되나요?

서론
글의 첫머리로, 주장하고자 하는 문제를 드러내는 부분이에요. 글을 쓰게 된 동기나 목적을 밝히되, 너무 길게 늘어놓지 않아야 해요.

본론
글의 중심 부분으로, 주장을 발전시키는 부분이에요. 주장에 따른 근거와 관련 자료들을 제시하며, 실천 방안까지 함께 드러내기도 해요. 주장하는 내용에서 벗어나지 않아야 해요.

결론
글의 마무리 부분으로, 본론에서 주장한 내용을 간략하게 정리하면서 주장을 매듭지어요.

주장하는 글을 쓰는 과정은 어떠한가요?

1. 주장 정하기

주장하는 글을 쓸 때에는 가장 먼저 주장하는 내용을 정해야 합니다. 무엇에 대해 의견을 내세울 것인지 결정하고, 어떤 문제에 찬성하고 반대하는지 등 자신의 생각을 정해야 합니다.

2. 근거 마련하기

설득력 있는 주장을 펴려면 주장을 뒷받침하는 근거가 적절해야 합니다. 퍼즐 조각을 고르듯이 주장하려는 내용에 알맞은 근거를 정리한 뒤 근거에 적합한 자료를 찾아야 합니다.

3. 내용 조직하기

주장을 설득력 있게 전달하려면 퍼즐을 맞추듯 쓸 내용을 어떤 순서로 전개할지 정해야 합니다. 이를 '개요'라고 하는데, 개요를 잘 짜야 주장과 근거가 탄탄하게 연결됩니다.

4. 집필하기

서론, 본론, 결론으로 나누어 주장하는 글을 씁니다. 글을 읽는 사람에 맞게 적절한 낱말을 사용해야 하며, 중심 문장과 뒷받침 문장을 논리적으로 연결해서 설득력을 높여야 합니다.

5. 고쳐쓰기

주장하는 글을 다 쓴 후에 어울리지 않는 내용이나 빠진 내용은 없는지, 맞춤법, 띄어쓰기, 문장 부호 등은 틀리지 않았는지 확인합니다. 또 자신과 다른 의견을 가진 사람이 반박할 내용은 없는지 검토하여 필요한 부분을 고치고 글쓰기를 마칩니다.

✏️ 주장하는 글을 쓰는 목적은 무엇인지 써 보세요.

내가 할래요

물놀이를 하기 전에 안전 준비를 철저히 하자!

'되돌아봐요'에서 정리한 내용을 바탕으로 '물놀이를 하기 전에 안전 준비를 철저히 해야 한다.' 라고 주장하는 글을 쓰려고 합니다. 주어진 서론과 본론에 알맞게 이어지는 남은 본론과 결론을 여러분이 직접 써 보세요.

서론

요즘 여름철 물놀이 사고가 끊임없이 발생하고 있습니다. 그런데 행정 안전부가 2014년부터 2018년 사이에 발생한 물놀이 사고를 조사한 결과에 따르면, 물놀이 사고의 22%가량이 안전 부주의로 발생했다고 합니다. 안전 부주의로 인한 사고는 물놀이를 하기 전에 조금만 신경을 쓰면 얼마든지 예방할 수 있습니다. 물놀이를 하기 전에 안전 준비를 철저히 해야 하는 이유가 무엇인지 자세히 알아보고자 합니다.

본론

첫째, 물놀이 사고 가운데에는 물놀이 장비가 안전하지 못해 발생하는 사고가 적지 않기 때문입니다. 물놀이를 하려면 수영복과 튜브, 간편한 샌들 등이 필요합니다. 하지만 물놀이를 하다가 구멍이 난 튜브 때문에 위험에 빠지거나 샌들의 접착력이 떨어져 발을 다치거나 미끄러지는 사고가 종종 일어납니다. 만일 물놀이 장비를 사전에 꼼꼼하게 챙긴다면 이러한 사고를 줄일 수 있을 것입니다.

4주
학습 끝!

확인할 내용	잘함	보통임	부족함
1. 이번 주 학습을 5일(월요일~금요일) 안에 끝마쳤나요?			
2. 주장하는 글이 무엇인지 이해했나요?			
3. 주장과 근거, 중심 문장과 뒷받침 문장을 나눌 수 있나요?			
4. 서론, 본론, 결론에 따라 주장하는 글을 쓸 수 있나요?			

본론

둘째,

결론

전하는 말

1주 마더 테레사

1주 11쪽 생각 톡톡

예 어려운 이웃을 위해 사랑을 나누어 주는 어머니같이 느껴집니다.

1주 13쪽

1 ④ 2 윤호 3 예 아이들을 씻겨 주고, 청소를 해 주었을 것이다.

3 등장인물의 입장이 되어 할 수 있는 일들을 생각해 봅니다.

1주 15쪽

1 ④ 2 ③ 3 예 부모님의 구두를 닦아 드리고 싶다. 왜냐하면 부모님께서 바쁘셔서 구두를 잘 닦지 않고 다니시기 때문이다.

2 카레는 인도의 대표적인 음식이며, 갠지스강은 인도 사람들이 가장 성스럽게 여기는 강입니다. 또한 대부분의 인도 사람들은 힌두교를 믿습니다. 버킹엄 궁전은 영국 런던에 있습니다.

3 부모님에 대한 마음을 행동으로 표현할 수 있는 다양한 방법을 생각해 봅니다.

1주 17쪽

1 ④ 2 ③ 3 예 테레사 수녀님, 기운 내세요! 어서 빨리 나으셔서 가난한 사람들을 위해 더 많은 봉사를 해 주세요.

1 콜카타는 인도 동쪽, 갠지스강에서 나온 후글리강에 접해 있는 도시입니다.

3 상대방을 위로하려면 낙심한 마음을 배려하고 용기를 북돋워 줄 수 있어야 합니다.

1주 19쪽

1 ①, ② 2 ② 3 예 이렇게 고통받는 사람들을 위해 내가 할 수 있는 일이 없다니……. / 고통받는 사람들이 너무 많구나.

1 우리가 살아가는 데 꼭 필요한 것은 입을 것과 먹을 것, 살 곳인 '의식주'입니다.

3 평화로운 수도원에 살던 테레사는 굶주림과 아픔으로 고통받는 사람들을 보고 불쌍한 마음, 미안한 마음이 들었습니다.

1주 21쪽

1 ④ 2 예 (2) 거리마다 각 가정에서 입지 않는 옷들을 모아 놓는 '옷 나눔함'을 만든다. (3) 공공시설 중 일부를 노숙자들이 지낼 수 있는 곳으로 만든다. 3 예 무료로 밥을 주는 곳을 만들자. 먹지 못하면 살 수 없으니까.

3 테레사는 배우지 못하는 아이들을 위해 학교를 만들고자 했습니다. 어려운 사람들에게 꼭 필요한 것이 무엇일지 생각하여 써 봅니다.

1주 23쪽

1 ④ 2 ② 3 예 아이들을 학교에 보내면 아이들에게 음식을 준다고 한다. / 돈 버는 방법을 가르친다고 한다.

3 교육을 해야 할 타당한 근거를 내세워야 먹고 살기 힘든 마을 사람들의 마음을 움직일 수 있습니다.

1주 25쪽

1 (1) 나무 아래에서 (2) 땅바닥에 글씨를 쓰고 따라 읽게 함.   **2** (1) 학교, 마을 회관, 도로, 아파트 (2) 산, 들, 바다   **3 예** 나는 만화 영화를 볼 때 눈망울이 또랑또랑하게 빛납니다.

2 건물이나 잘 닦인 길 등은 사람이 만든 인문 환경이며, 산이나 바다 등은 사람이 만들지 않은 자연환경입니다.

3 '또랑또랑하다'는 조금도 흐리지 않고 아주 밝고 똑똑하다는 뜻을 가진 낱말입니다.

1주 27쪽

1 ③   **2** ①, ②, ④   **3 예** 거리 여기저기에 온갖 전염병으로 쓰러져 있는 사람들이 많습니다. 이 상태가 계속되면 결국 당신의 가족들도 전염병에 걸릴 것입니다.

2 전염병을 예방하려면 예방 접종은 물론, 손을 깨끗이 씻는 등 몸을 깨끗이 해야 합니다. 또한 전염병에 걸린 사람은 즉시 다른 사람들과 떼어 놓고 치료해야 합니다.

3 설득하는 말은 사람들이 자기 생각이 옳다고 믿도록 타당한 근거를 내세워야 합니다.

1주 29쪽

1 ③   **2** ②   **3 예** (1) 집안일 (2) 많은 일을 하루 종일 척척 해내야 하기 때문에 (3) 예시 답안 생략

1 '백지장도 맞들면 낫다.'는 쉬운 일도 협력하면 더 쉽다는 뜻이고, '아니 땐 굴뚝에 연기 날까?'는 모든 일은 원인과 결과가 있다는 뜻입니다. '콩 심은 데 콩 나고 팥 심은 데 팥 난다.'는 심은 대로 거둔다는 뜻입니다.

3 여러분이 힘들었거나 다른 사람을 보면서 힘들겠다고 생각한 일을 떠올려 봅니다.

1주 31쪽

1 사랑의 선교 수녀회   **2** ①   **3 예** 밥을 먹기 위해 온 사람들이 줄을 잘 설 수 있도록 안내를 한다. / 아픈 사람에게 약을 나누어 준다.

3 먹을 것과 약품을 얻기 위해 수많은 사람들이 모였다고 상상해 보고, 어린이가 할 수 있는 일이 무엇인지 생각해 봅니다.

1주 33쪽

1 ④   **2** 평화의 마을   **3 예** 아픈 사람들을 병원으로 실어 나르는 구급차로 사용한다면 아픈 사람들에게 많은 도움이 될 거야.

3 당시 승용차의 가격은 매우 비쌌습니다. 승용차의 쓰임과 가치를 생각해 보고 어떻게 사용할지 써 봅니다.

1주 35쪽

1 ④   **2** ④   **3 예** (제목)테레사 수녀, 노벨 평화상을 타다! / 올해의 노벨 평화상은 평생을 가난한 이웃에게 봉사한 테레사 수녀에게 돌아갔습니다. 테레사 수녀는 축하 파티를 준비하는 사람들에게 자신을 위한 축하 파티 대신 그 비용으로 어려운 사람을 도와주자고 권해 더욱 큰 감동을 주었습니다.

2 김대중 전 대통령은 대한민국의 민주주의 발전과 남북 관계 개선의 공로로 2000년 노벨 평화상을 수상하였습니다.

3 노벨 평화상 시상식의 분위기와 상황을 상상하여 기사문을 써 봅니다.

1주 36~37쪽 　　**되돌아봐요**

1 테레사 엄마　**2** (1) ○ (2) ○ (3) X (4) X (5) ○　**3** (1) ㉠ (2) ㉢ (3) ㉡ (4) ㉢ (5) ㉣　**4** 해설 참조

상장

이름 테레사

어린이 교육 헌신 상

위 사람은 가난한 콜카타 어린이들의 미래를 위해 갖은 어려움에도 불구하고 어린이들을 꾸준히 가르친 공이 커서 이 상장을 주어 칭찬합니다.

20○○년 ○○월 ○○일
대한민국 어린이 대표 박맑음

1주 39쪽 　　**궁금해요**

예 길거리에서 잠을 자거나 굶주리고 있는 노숙자들에게 도움의 손길이 필요하다.

1주 40~41쪽 　　**내가 할래요**

1 예 ① 길에서 넘어진 아이를 부축해 일으켜 준다. ② 공공장소에 떨어진 휴지를 줍는다.
2 예 ① 나는 글을 읽을 수 있으니까, 아직 글을 못 읽는 동생에게 동화책을 읽어 준다. ② 나는 피아노를 잘 치니까, 가정 형편이 어려워 피아노 학원에 다닐 수 없는 친구에게 피아노 치는 법을 가르쳐 준다. / 나는 노래를 잘하니까 외로운 할아버지, 할머니께 노래를 자주 불러 드린다.

2주　**민들레 국숫집**

2주 43쪽 　　**생각 톡톡**

예 사랑의 마음이 퍼져 세상을 사랑으로 가득하게 하라는 뜻일 것 같아요.

2주 45쪽

1 ① 　**2** 해설 참조 　**3 예** 뜨거운 김이 나는 쌀밥 한 그릇과 숟가락과 젓가락이 단정하게 놓여 있다. 반찬으로는 싱싱한 겉절이가 꽃무늬 접시에 소복하게 담겨 있고, 따뜻한 고등어구이가 하얀 접시 위에 얌전하게 놓여 있다.

2

3 오늘 아침에 먹은 밥과 반찬을 떠올리며 그림을 그리듯 써 봅니다.

2주 47쪽

1 ③ 　**2** ④ 　**3 예** 민들레 국숫집 주방장 아저씨는 손님에게 먼저 밝게 인사할 정도로 적극적이고 다정하다. 항상 웃는 모습으로 보아 긍정적인 성격이며, 단골손님의 성격과 좋아하는 음식까지 알 만큼 세심하고 배려심이 깊다.

2 혼합물이란, 두 종류 이상의 물질이 본래의 성질을 지닌 채 섞여 있는 것입니다. 혼합물을 분리하려면 물질의 특성에 따라 물에 녹여 증발시키기도 하고 불에 끓여 나누기도 하며, 자석이나 체 등 도구를 이용하기도 합니다.

3 성격은 말이나 행동을 통해 알 수 있습니다.

1 ③　2 ③　3 **예** 민들레 국숫집은 밥을 제때 해 먹지 못하는 분들을 대접하는 곳입니다. 배가 고픈 분이라면 누구든지 마음껏 공짜로 드시고 마음 편히 쉬다 가세요.

2 사회적 소수자는 사회에 해를 끼치지 않는데도 다수의 사람들과 겉모습이나 생활 모습 등이 달라서 차별을 받습니다. 하지만 그들은 잘못된 것이 아니라 다른 것이기 때문에 이들을 차별하는 것은 인권을 침해하는 행동입니다.

3 민들레 국숫집은 어렵고 힘든 사람들에게 무료로 밥을 제공하는 곳입니다. 그러므로 이와 같은 취지와 밥값을 내지 않아도 된다는 내용이 들어가야 합니다.

1 ④　2 ②　3 **예** 어렵고 몸이 불편한 사람들에게 밥을 공짜로 나누어 주는 / 국숫집이라는 간판을 달고 있지만 국수를 팔지 않는

2 설날에는 흰 가래떡을 잘라 떡국을 해 먹습니다. 대보름날에는 찹쌀, 기장, 붉은팥, 찰수수, 검정콩 다섯 가지 곡식을 섞은 오곡밥을 지어 먹습니다. 단오에는 쑥떡, 창포주, 수리취떡 등을 해 먹습니다. 추석에는 반달 모양의 송편을 만들어 먹으며, 동지에는 팥을 고아 팥죽을 만들어 먹습니다.

3 민들레 국숫집의 특징이 잘 드러나도록 간결하게 써 봅니다.

1 ②　2 ④　3 **예** (1) 더불어 밥집 (2) 더불어 함께 나누어 먹는다는 뜻이다.

2 봉사 활동은 대가를 바라고 하는 일이 아니기 때문에 나라에서 돈을 주지 않습니다.

3 좋은 뜻이 담긴 이름을 생각해서 이유와 함께 자유롭게 써 봅니다.

1 ①　2 ②　3 **예** 보이지 않지만 살아가는 데 꼭 필요한 공기 / 마음씨 착한 흥부들

2 경제 활동이란, 생활에 필요한 것들을 만들어 내고, 이것들을 사고팔거나 사용하는 것 등을 의미합니다. 경제 활동의 종류는 크게 생산과 소비, 그리고 이것을 나누어 가지는 분배가 있습니다.

3 자신이 가지고 있는 것을 가난한 이웃과 조금이라도 나누려는 사람들을 무엇에 빗대어 표현하면 좋을지 생각합니다.

1 ④　2 ③　3 **예** ① 용돈의 10%는 불우한 이웃을 돕는 데 쓴다. ② '1013 희망 일기'라는 블로그를 만들어 형편이 어려운 어린이들이 서로 여러 가지 고민을 털어놓으며 위로받게 한다. ③ 부모님과 함께 고아원에 가서 잔심부름을 한다.

2 대가를 받고 물건을 주거나 일하는 것은 기부와 봉사가 아닙니다.

3 여러분이 어렵고 병든 이웃을 위해 실천할 수 있는 일들을 써 봅니다.

2주 59쪽

1 ③ **2** ② **3** 예 내가 워낙 어려운 형편이라서 밥값도 못 내고 먹었지만, 늘 미안한 마음이었어. 비록 외손주들을 돌봐야 하지만, 아들 같은 자네한테 이것이라도 줘야 내 마음이 편하겠어.

2 외가의 친척들은 호칭 앞에 '외'를 붙입니다. 그리고 외삼촌의 부인은 외숙모라고 부르고, 외숙모가 낳은 자녀들은 나와 사촌이 되는데, 이들을 '외사촌'이라고 부릅니다. 하지만 이모가 낳은 자녀들(사촌들)은 이모가 낳은 사촌이라는 의미로 '이종사촌'이라고 구별하여 부릅니다. 고모는 아버지의 여자 형제이고, 고모가 낳은 자녀는 '고종사촌'이라고 합니다.

2주 61쪽

1 ④ **2** ③ **3** 예 (1) 자식 사랑 밥 (2) 자식에 대한 사랑이 담겨 있기 때문에

2 원래 밥그릇에 들어갈 밥의 양에서 엎어 놓은 밥그릇의 부피를 빼야 공깃밥의 양을 알 수 있습니다.

3 공깃밥의 의미를 생각하며 새로운 이름을 지어 봅니다.

2주 63쪽

1 ④ **2** (1) 대체로 작습니다. (2) 여러 해에 걸쳐서 비교적 크게 자랍니다. **3** 예 민들레 국숫집으로 오세요! / 민들레 국숫집에는 / 밟히고 밟혀도 다시 일어나는 / 희망의 씨앗이 있거든요. / 민들레씨처럼 퍼져 나가는 나눔이 있거든요. / 민들레 식구가 되어 희망찬 내일을 노래하세요.

2 풀은 잘 휘어지며 연한 줄기가 있고, 대체로 가늘고 길게 자랍니다. 반면 나무는 단단해서 잘 휘어지지 않으며, 나무줄기는 대체로 굵직하고 길게 자랍니다.

2주 65쪽

1 ③ **2** ③ **3** 예 자신의 인생을 소중하게 여기지 않을 뿐만 아니라 사회에 대한 미움도 큰 것 같아.

2 가족은 자녀를 낳아 훌륭한 사회 구성원이 될 수 있도록 양육과 교육을 책임집니다.

2주 67쪽

1 ④ **2** ①, ④ **3** 예 주방장 아저씨가 나눔을 실천하려고 만든 '민들레 국숫집'이 이웃의 도움 덕분에 밥과 반찬 걱정 없이 잘 운영되고 있다. 또한 '민들레 식구'들이 사회에 다시 나가 열심히 살고 있고, '민들레 꿈'에서 공부하는 아이들이 무럭무럭 자라고 있다.

3 민들레 국숫집 아저씨의 나눔은 사회에 적응하지 못하던 사람들에게 용기를 주었고, 가난한 아이들에게 훌륭한 사회인으로 자라고 싶다는 꿈을 꾸게 하였습니다.

1 (1) ㄹ (2) ㄷ (3) ㄴ (4) ㄱ (5) ㅁ　2 (1) 이웃들이 쌀과 반찬거리를 나누어 주고, 설거지와 김치 담그기 등 여러 가지 일을 도와주었다. (2) 수많은 사람들이 여러 가지 물건을 가지고 왔다.　3 **예** 날마다 집 앞에 있는 초등학교 주변의 쓰레기를 줍는 사람이 있다. 그 사람은 몇 년 전에 그 학교에서 정년 퇴임하신 교장 선생님이시다. 많은 나이에도 어린이들을 위해 봉사하시는 모습을 보니 저절로 고개가 숙여진다.

3　주변에서 보았거나 텔레비전이나 인터넷 등을 통해 듣고 본 것을 소개해 봅니다.

예 몸이 힘들어서 학교에 오가는 게 힘든 친구를 여럿이 돌아가며 도울 수 있다.

예 (1) 노래, 심부름, 청소 (2) 할머니, 엄마, 아빠 / 봉사 쿠폰은 해설 참조

뽀뽀 쿠폰

본 쿠폰은 다른 사람에게 '절대' 넘길 수 없습니다.

(유효 기간 : 20○○년 내 생일까지)

노래 불러 주기 쿠폰

노래 제목은 부르는 사람이 마음대로 정합니다.

(유효 기간 : 20○○년 내 생일까지)

예 엄마에게 내 의견을 말했는데 엄마가 제대로 듣지도 않고 혼부터 내려고 하실 때

1 (1) ㄱ (2) ㄴ　2 ①　3 **예** 땅이 갈라지면서 건물이나 도로가 파괴된다. 둑이 무너지고, 물난리, 산사태가 난다.

3　텔레비전이나 인터넷 등을 통해 본 지진으로 인한 피해 모습을 생각해 봅니다.

1 (1) 지각 (2) 맨틀 (3) 외핵 (4) 내핵　2 (1) ㄴ (2) ㄱ (3) ㄷ　3 **예** 판 구조론은 지구가 여러 개의 퍼즐 조각 같은 판으로 만들어졌다는 주장이야.

1　지구의 중심이 되는 가장 안쪽이 내핵, 내핵 바깥쪽이 외핵이며, 지구의 가장 바깥쪽이 지각, 외핵과 지각 사이가 맨틀입니다.

3　판 구조론을 어린 동생에게 설명할 수 있는 쉬운 말과 표현을 고민해 봅니다.

1 (1) 진원 (2) 진앙　2 ②　3 **예** (1) 일본 동북부 지진 (2) 2011년 3월 11일 (3) 일본 동북부 (4) 후쿠시마 원자력 발전소가 침수되어 방사성 물질 누출 사고 발생함. 환경이 심각하게 오염되고 최소 5조 5,045억의 피해액이 추정됨.

2 지진파는 진원지에서 발생한 지진이 감지되기 시작해 지진이 끝나고 원상태를 회복할 때까지 지진계로 측정되는 전파입니다.

3 신문이나 인터넷을 이용하여 최근에 발생한 지진 관련 기사를 정리해 봅니다.

3주 83쪽

1 ③　**2** (1) ㄹ (2) ㄱ (3) ㄷ (4) ㄴ　**3 예** 진원이 70km 미만에서 일어나는 지진은 천발 지진, 70~300km 사이에서 일어나는 지진은 중발 지진, 300km 이상에서 일어나는 지진은 심발 지진이라고 한다.

3 진원의 깊이에 따라 크게 세 가지로 나눠지는 지진의 종류를 순서대로 차근차근 설명해 봅니다.

3주 85쪽

1 ③　**2** 화산 지진　**3 예** 단층 지진, 화산 지진, 함락 지진은 자연적인 현상에 의해서 발생한 것이고, 인공 지진은 사람의 힘에 의해서 발생한 것이므로 자연적인 현상이 아니다.

3 인공 지진은 다른 지진과 달리 사람에 의해서 발생합니다.

3주 87쪽

1 ④　**2** ④　**3 예** 규모는 지진파의 기록을 토대로 지진의 세기를 아라비아 숫자로 나타낸 것으로 지역의 피해에 관계없이 일정하다. 그러나 진도는 지역의 피해 정도에 따라 지진의 세기를 로마 숫자로 나타낸 것으로 같은 규모의 지진이라도 지역에 따라 다르게 나타난다.

3 '규모'는 지진파의 기록을 토대로 한 객관적인 지진의 세기이고, '진도'는 지역의 피해를 토대로 한 상대적인 지진의 세기입니다. 또 규모는 아라비아 숫자로, 진도는 로마 숫자로 나타냅니다.

3주 89쪽

1 ①　**2** 노르웨이, 인도　**3 예** 일본에서 지진이 자주 발생하는 원인은 일본이 세계 지진의 약 80%가 발생하는 환태평양 지진대에 속해 있기 때문이다.

3 일본에서 지진이 자주 일어나는 이유를 환태평양 지진대와 관련하여 설명해 봅니다.

3주 91쪽

1 (1) X (2) ○ (3) ○ (4) ○ (5) ○ (6) ○　**2** ①　**3 예** 방송을 들으면서 상황을 살피고 그에 맞게 행동해야 하기 때문이다.

2 서로 다친 곳은 없는지 살피는 것은 지진이 발생한 후에 해야 할 일입니다.

3주 93쪽

1 (1) ㄴ (2) ㄱ　**2** (2) ○　**3 예** 화산은 땅속 마그마와 가스 등이 땅 위로 분출되어 나오는 것이고, 지진은 지구 내부에서 큰 에너지가 나오면서 땅이 흔들리는 것이다.

3 퉁퉁이와 엄마의 대화를 통해 화산과 지진의 차이는 무엇인지 생각해 봅니다.

3주 95쪽

1 (1) ㄴ (2) ㄷ (3) ㄱ　**2 예** 저녁 내내 나와 동생이 토닥거리며 싸우자, 마침내 엄마가 화산처럼 화를 내셨다.

1 백두산과 한라산은 오래전에 화산 활동을 했지만 지금은 화산 활동을 하지 않고 있습니다. 반면 세인트헬렌스산은 지금도 화산 활동을 활발히 하고 있습니다.

3 무언가를 참다가 한 번에 왈칵 터뜨리는 상황이나 뜨겁게 불타오르는 마음 등을 화산에 빗대어 표현할 수 있습니다.

---

1 ④ **2** 현무암 **3** 예 용암은 땅속의 뜨거운 마그마가 땅 위로 나온 것으로, 붉은색의 액체 물질이며, 굳으면 현무암 같은 돌이 된다.

1 화산이 분출할 때에는 용암, 화산 가스, 화산재, 화산 암석 조각 등이 모두 나오는 경우도 있지만 한 가지 물질만 나오는 경우도 있습니다.

3 천재가 용암에 대해 설명한 내용에 여러분이 아는 내용을 덧붙여 설명해 보세요.

---

1 ㉡, ㉢, ㉣, ㉤ **2** (1) ㉡ (2) ㉠ (3) ㉢ **3** 예 화산 분출 사실을 최대한 빨리 사람들에게 알릴 수 있는 빠른 통보 체계를 갖춘다. / 화산 분출에 대한 사전 교육과 대피 훈련을 실시한다.

2 용암으로 관광 상품을 만들고, 화산재가 주변의 땅을 비옥하게 만들며, 땅속의 높은 열을 이용하여 지열 발전을 할 수 있습니다.

3 화산 활동으로 인한 인명 피해나 재산 피해 등을 줄일 수 있는 방법을 생각해 봅니다.

---

1 ② **2** ① **3** 환태평양 지진대 **4** (1)-③-㉠ (2)-②-㉢ (3)-①-㉡ **5** ㉠, ㉤

2 지진의 규모는 소수 첫째 자리까지 아라비아 숫자로 나타냅니다. 로마 숫자로 나타내는 것은 진도입니다.

3 환태평양 지진대는 뉴질랜드에서 인도네시아 등을 거쳐 일본과 칠레 해안까지 이어지는 U 자 모양의 지진대입니다.

4 화산이 분출할 때 나오는 물질을 '화산 분출물' 이라고 하며, 기체, 액체, 고체 상태의 여러 가지 물질이 나옵니다.

5 지진이나 산불, 해일 등은 모두 화산 활동으로 인한 피해에 해당합니다.

예 지진의 피해를 줄이려면 지진에 견딜 수 있게 건물을 튼튼하게 지어야 한다. 그리고 지진에 대한 안전 교육과 빠른 통보로 지진이 발생했을 때 안전하고 빠르게 대피할 수 있도록 해야 한다.

예 친구들에게
안녕! 얼마 전 뉴스와 인터넷을 통해 지진 피해 소식을 들었어. 너무 가슴이 아프더라. 난 아직 어려서 할 수 있는 일이 많지 않지만 하루빨리 지진 피해를 이겨 내길 마음으로 응원할게. 용기 잃지 말고 희망을 가지렴.

20○○년 ○월 ○일
진주에서 송이가

4주 주장하는 글을 써 봐요

4주 107쪽 생각 톡톡

예 여러 사람이 모이는 공간이므로 공공질서를 잘 지킵시다.

4주 109쪽

1 ③ 2 우리는 책을 통해 다양한 세계를 경험하면서 생각의 폭을 넓힐 수 있다. 3 **예** 상상력이 풍부해진다. / 어휘력이 풍부해진다. / 자기중심적인 사고에서 벗어나 다른 사람을 배려하는 마음을 갖게 된다.

3 책을 읽으면 어떤 점이 좋은지 생각하여 누구나 동의할 수 있는 근거를 마련합니다.

4주 111쪽

1 (1) (다양한 동물이 살아갈 수 있게) 밀렵을 하지 말아야 한다. (2) 보호해야 할 동물을 마구 잡아서 일부 동물이 멸종하게 되면 결국 인간이 피해를 입게 된다. 2 ④ 3 **예** 동물 중에는 앞으로 그 가치를 인정받아 식량, 의약품 등으로 중요하게 쓰일 수 있는 것이 있을 수 있기 때문이다.

2 근거가 적절한지 파악하려면, ① 근거가 주장하는 바를 뒷받침하는지 확인해야 하고, ② 근거를 설명하는 자료가 믿을 만한지, 사실인지, 명확한지 등을 살펴봐야 합니다. 이 글의 글쓴이가 제시한 첫 번째 근거는 주장을 뒷받침할 수 있는 내용이 아닙니다. 보호해야 할 동물을 왜 해치면 안 되는지 이유를 제시해야 하는데, 동물을 해치면 안 된다는 말만 하고 있기 때문입니다.

3 밀렵을 하지 말아야 하는 이유가 잘 드러나게 문장을 정리해 봅니다.

4주 113쪽

1 **예** (1) 옆으로 조금만 비켜 주세요. (2) 차를 좀 빼 주시면 고맙겠습니다. 2 ④ 3 **예** '말 한마디에 천 냥 빚도 갚는다.'라는 속담처럼 말만 잘해도 어려운 상황을 슬기롭게 극복할 수 있다.

3 예로부터 전해 내려오는 속담에는 우리 생활에 꼭 필요한 지혜들이 담겨 있습니다. 속담에 담긴 속뜻을 헤아려 봅니다.

4주 115쪽

1 ①, ③ 2 ③ 3 **예** 스쿨 존 내에 인도와 차도가 구분되어 있지 않은 곳에 안전 울타리를 설치해야 한다. 안전 울타리만 생겨도 어린이들이 훨씬 더 안전하게 다닐 수 있어서 교통사고를 줄일 수 있기 때문이다.

2 스쿨 존에서 교통사고를 일으키는 사람은 주로 운전자인 어른이기 때문에, 어린이들이 스쿨 존을 잘 알고 있는지에 대한 통계 자료는 글쓴이의 주장을 뒷받침할 만하지 못합니다.

3 학교 앞이나 유치원 앞의 스쿨 존에 어떤 시설들이 필요한지 잘 생각해 봅니다.

4주 117쪽

1 ② 2 ④ 3 **예** 우리 민족은 온돌이라는 독특한 난방 장치를 개발해 추위를 극복해 왔고, 이를 통해 우리 민족만의 독특한 온돌방 문화를 발달시켜 왔다.

3 우리 고유의 전통문화를 의식주로 나누어 생각해 봅니다. '의'로는 한복이 대표적이며, '식'으로는 김치, 장류, 떡류 등이 있습니다. '주'로는 기와를 얹어 지은 한옥이 있습니다.

4주 119쪽

1 (1) 우리의 전통문화에는 조상들의 지혜가 담겨 있다. (2) ① 김치, 거중기, 한글 **2** ② **3** 예 사계절이 뚜렷한 우리나라의 기후에 맞게 한옥을 만들어서, 여름에는 시원하고 겨울에는 따뜻하게 지낼 수 있도록 했다. 또한 집을 자연과 잘 어울리게 지어 자연의 아름다움도 만끽하도록 했다.

3 한복과 김치, 장류, 떡류, 온돌, 한옥, 한글, 사물놀이 등 우리의 전통문화에 담겨 있는 조상들의 지혜를 생각해 봅니다.

4주 121쪽

1 (2) ① 목이 한쪽으로 비틀어지거나 척추가 휨. ② 갑자기 죽을 수 있음. **2** ①, ③ **3** 예 게임에 중독되었던 한 친구의 경우 친구들과 어울리는 것을 불편해했다. 이 친구는 "인터넷 게임은 재미있으면 즐기고 재미없으면 중단할 수 있지만, 친구들은 내 마음대로 끊을 수 없어서 불편하다." 라고 이야기했다.

2 전문가는 그 문제를 오래 연구하였고 그에 대한 정확한 자료를 가지고 있기 때문에, 전문가의 의견은 믿을 수 있습니다.

3 정신적으로 아직 성숙하지 않은 어린이나 청소년이 인터넷 게임에 중독될 경우 어떤 문제가 발생할지 생각해 봅니다.

4주 123쪽

1 ② **2** ① **3** 예 인터넷 게임 이외의 취미 생활을 늘린다. / 밤 10시부터 아침 10시까지는 인터넷 게임을 하지 않는다.

3 현재 우리나라에서는 어린이와 청소년의 게임 중독을 막기 위해 '셧다운제'를 마련하고 있습니다. '셧다운제'는 16세 미만의 청소년에게 오전 0시부터 오전 6시까지 인터넷 게임을 제공하지 않는 것입니다. 하지만 태블릿 PC와 모바일 게임에는 아직 적용하지 않는 등 현실적인 성과를 거두는 데에는 한계가 있습니다.

4주 125쪽

1 ① **2** (1) 예전에 샀던 게임기는 값싼 제품이었기 때문에 금방 망가졌고, 게임기를 처음 사용해 봐서 조작이 서툴렀다. (2) 그 벌로 한 달 동안 게임을 하지 않았고, 앞으로는 공부 시간에 지장을 주지 않도록 텔레비전 보는 시간이나 놀이 시간을 줄여서 게임을 하겠다. **3** 예 이번에 게임기가 생기면 공부를 더 열심히 해서 지금보다 높은 성적을 유지하겠습니다.

3 본문에 제시되지 않은 것 가운데 어머니의 주장을 반박할 수 있는 근거를 생각합니다.

4주 127쪽

1 (1) 매우 적은 양의 물을 세계 여러 나라 사람이 함께 사용해야 하므로 아껴 써야 한다. (2) 물을 깨끗하게 만드는 데 매우 많은 비용이 들기 때문에 아껴 써야 한다. **2** 예 (1) 양치나 세수를 할 때 물을 컵과 세면대에 받아서 한다. (2) 수세식 변기에 벽돌이나 물병을 넣어 둔다.

1 (1) ㉢, ㉣ (2) ㉱, ㉲ **2 예** 위의 (1)번 그래프를 보면 지구의 평균 온도가 계속 올라가고 있다는 것을 알 수 있다. 이로 인해 북극의 얼음이 녹고 있으며 바닷물의 높이가 높아지고 있다. 이렇게 지구의 온도가 계속 올라가면 머지않아 물에 잠기는 도시가 생길 것이다. / 위의 (2)번 그래프를 보면 공기에 이산화 탄소의 농도가 계속 증가하고 있음을 알 수 있다. 이렇게 되면 공기가 오염되어 사람들이 호흡기 질병에 걸리기 쉽고, 심하면 숨 쉬기가 불편해질 것이다.

1 믿을 만한 곳에서 작성한 통계 자료는 신뢰할 수 있고 정확해서 주장을 뒷받침하기 위한 근거 자료로 매우 유용합니다.

1 (1) 자신의 친한 친구와 짝이 되어야 한다. (2) 친한 친구와 짝이 되면 학교생활을 즐겁게 할 수 있기 때문이다. **2** ③, ④ **3 예** 이러한 이유 때문에 친한 친구와 짝이 되기보다는 잘 어울리지 못했던 친구와 짝이 되거나 반 친구들과 일주일씩 돌아가면서 짝을 하는 것이 좋다고 생각합니다. 학교에 오는 것은 보다 다양한 경험을 통해 나를 성숙시키려는 것이기 때문입니다.

2 주장을 반박하려면 상대편의 근거에서 잘못된 것을 찾아 논리적으로 따져야 합니다.

3 본론에서 이야기한 것을 간단하게 요약·정리하면서 주장을 설득력 있게 매듭지어 봅니다.

1 (2) 물놀이를 할 때 안전 부주의로 사고를 당하는 사람이 많기 때문이다. (3) 2019년 기준, 지난 5년간 물놀이 사고 통계 결과 **2 예** 물놀이를 하기 전에 물놀이에 필요한 안전 준비를 철저히 하면 보다 재미있게 물놀이를 즐길 수 있다.

예 적절한 근거를 바탕으로 자기의 생각이나 의견을 내세워서 다른 사람을 설득하는 것이다.

예 (본론) 간단한 구조법과 응급 처치 방법 등을 몰라서 생명까지 잃게 되는 경우가 생기기 때문입니다. 다른 사람이 물에 빠졌을 때 어떻게 구조해야 하는지, 구조한 다음에는 어떻게 응급 처치를 해야 하는지는 인터넷이나 책을 통해 쉽게 익힐 수 있습니다. 하지만 이러한 정보도 없이 무턱대고 물에 빠진 사람을 구하려다가 더 큰 사고를 불러오는 경우가 종종 있습니다. 만일 물놀이 전에 간단한 구조법과 응급 처치 방법을 익힌다면 물놀이 사고를 많이 줄일 수 있습니다. (결론) 여름철 물놀이는 더위를 잊게 해 주는 것은 물론 가족과 함께 보내는 매우 즐거운 추억입니다. 물놀이를 떠나기 전, 안전 준비를 철저히 하여 더욱 재미있게 물놀이를 즐겨야 합니다.

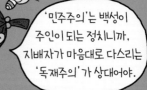